Bodo Morshäuser

Die Berliner Simulation

Erzählung

HANANI

1. Auflage April 2014
© Hanani Verlag und Bodo Morshäuser
Alle Rechte vorbehalten
Umschlag und Typographie: LMN – Berlin
Druck: Freiburger Graphische Betriebe
ISBN 978-3-944174-02-0

www.hanani.de

»Ich habe die Erfindungen der Dichter ernst genommen und habe mir eine Laura oder Beatrice aus einer gewöhnlichen Erscheinung dieses Jahrhunderts zurechtgemacht.«

[Gérard de Nerval, Aurelia]

Gesucht wird Sarah, die sich Sally nennt; zuletzt gesehen auf dem Ubahnhof Wittenbergplatz, in einen Zug Richtung Ruhleben steigend. Sie ist geboren und aufgewachsen in London, zwanzig Jahre alt, etwa 1,65 Meter groß und schlank. Sie spricht kaum deutsch und ist vermutlich nicht bewaffnet. Zuletzt war sie bekleidet mit einer schwarzen Flanellhose, einer dunkelroten Wollweste, dunkelroten Moccasins und einer schwarzen Plastikjacke. Ihr Haar ist dunkelbraun, kurz, voll und ungekämmt; manchmal mit Pomade glatt nach hinten gestrichen. Sie bevorzugt dunkelroten oder dunkelblauen Lippenstift. Auffallend sind mehrere Pflaster an den Fingern der rechten Hand. Es ist jedoch zu vermuten, dass sie die Pflaster inzwischen abgenommen, die Haare gefärbt und die Kleidung verändert hat. Spätabends hält sie sich vermutlich in Musiklokalen auf. Möglicherweise lädt sie im Lauf der Nacht jemanden zu einem Bier ein. Sie geht nicht bei Rot über die Straße. Sie benutzt keine Taxen. Ab und zu nimmt sie auf öffentlichen Bänken Platz, um eine Zigarette zu drehen, die sie an Ort und Stelle raucht. Die Bevölkerung wird gebeten, aus dem Weg zu gehen und den Blick freizugeben.

Mein drittes Tageserwachen kam um Mitternacht. Ich schlenderte zu einem Nachtcafé, wo man am Fenster sitzen und nach draußen blicken kann. SIE saß einen Meter vor mir und starrte, ohne es zu verheimlichen, mein Abbild auf der Scheibe an. Erst war ich geschmeichelt, dann wurde ich nervös.

Erinnern ist Vergegenwärtigen. Sie holt zwei Bier und rutscht an meinen Tisch. Ich frage sie, was sie an meinem Hals will mit beiden Händen. Wir hatten noch kein Wort gesprochen. Sie presst ihre Daumen auf meinen Kehlkopf. Ich muss sie packen, um nicht erwürgt zu werden. Mit erhobenem Bier und rollendem R sagt sie Prost, lehnt sich zurück, sieht wieder nach draußen und auf mich auf der Scheibe. Ich könnte sie würgen und tu es nicht. Die Spätvorstellungen waren zu Ende und auf den Straßen verlief sich das letzte nächtliche Treiben. Abgesehen von der dunkelroten Wollweste und den dunkelroten Moccasins war sie ganz in Schwarz. An der Stuhllehne hängt ein grobmaschiger rosa Netzbeutel, mit einer Menge kleiner Schachteln darin, die klappern, wenn sie ihren Stuhl kippt. Eine Schachtel hat die Aufschrift ADHESIVE WOUND DRESSING. Die Frau hat ein weiches Gesicht und ist bemüht, ihm einen gnadenlosen Zug zu geben. Drei Finger ihrer rechten Hand sind mit Pflastern beklebt. Das Lokal ringsherum ist längst verschwunden, in ein Nichts entwichen. Ich will sie berühren, sie zuckt weg. Sie stößt mir ihr Knie in den Oberschenkel. Immer wird sie dir einen Schlag voraus sein, denke ich. Sie sagt, sie heiße Sally. Pause. Sie könne nicht weinen. Pause. Auf Englisch klingt das fantastisch. Den Namen Sally habe sie später angenommen, in Wirklichkeit heiße sie Sarah, aber diese Zeit sei vorbei. Pause. Zum letzten Mal habe sie geweint, als sie einen Orgasmus hatte ... Keine Frage war so abwegig wie die, warum sie mir das erzählte. Und doch stellte ich sie mir – ergebnislos –, als sie ihren Netzbeutel von der Lehne nahm und davonschwenkte und ich las ANTISEPTIC CREAM. Alle Bierdeckel auf ihrem Tisch waren zerbrochen und zu einem Häufchen aufgetürmt. Als sie wiederkommt, sind um die Finger neue Pflaster geklebt. Sie legt ihren Netzbeutel auf den Tisch. RUBBER BANDAGE. Sally lächelt. Das ist keine Täuschung. Ganz lange und gleichmäßig lächelt sie mich an und ich halte der Ewigkeit ihres vorsätzlichen Blicks nicht stand und finde es dann blöd, nur vorsätzlich zu gucken. Ihr Haar ist von einem erträumten Schwarz, und voll. Strähnen hängen vor ihrem rosigen, unangegriffenen Teint. Die Augen glänzen. Sie klappt einen Handspiegel auf und tupft grüne Salbe auf eine kleine Wunde an der Schläfe.

Wir haben längst bezahlt und sind gegangen. Sie hakt sich ein und redet, als hätte ich sie gefragt, woher sie komme und was sie mache. »Die Schule war aus, man wurde ernst oder heiratete, meistens beides. Mit London war ich am Ende. Ich kannte es zu gut. Auch Paul zu verlassen war möglich. Mit Laura aus Berlin zog ich durch Südfrankreich. Als wir zurückwaren, bekam ich den Job in der Küche. Berlin ist gut. Ich schreibe meinen Eltern Briefe und erkläre ihnen, was Sarah in Berlin tut, nicht aber, was Sally erlebt.« Anfangs wollte sie nicht hierbleiben. Nun ist sie geblieben, und damit ist es ihr wie vielen ergangen. Das Bild, das wir abgeben, hätte auf mich als Betrachtenden anziehende Wirkung. Es ist von der Gestalt, dass wir lediglich die Gestalten des Bildes sind; nicht Menschen etwa, nach denen zu fragen wäre. Das sind wir zu allen anderen Stunden. Wenn ich uns sähe, sähe ich uns als Vorschlag, doch in die uns spiegelnden Scheiben blicke ich nicht.

»Warum fragst du mich nicht, ob ich einen Unfall gehabt habe?« Sie kneift mich, ich kneife sie. »Weil du davon sprechen willst. Dabei hast du gar keinen Unfall gehabt.« Immer noch kneifen wir uns in die Arme, es tut höllisch weh. »Woher weißt du das?« Vor Schmerzen müssen wir lachen und trotten ineinander verhakt weiter. Ich kannte diese Straßen und Plätze alle, aber sie alle waren ein Irgendwo, eine Ebene, egal welche, durch die man ziehen konnte. Ich bin erregter als ich scheinen möchte. Ich warte auf den Augenblick, in dem sie beginnt, mich zu missionieren. Sie hat doch etwas zu verkünden, denke ich. Sie sagt »Ich glaube, du übertreibst in beiden Fällen. Welche Blutgruppe hast du?« – »Wer sagt das?« – »Mir sagt es einiges.« – »Ich kenne meine Blutgruppe nicht.« Noch nie hatte sich jemand derart in meine Selbstgespräche eingemischt, so dass ich es vermeiden will, Selbstgespräche zu führen, aber was ich auch tu, es entsteht aus allen Abstellversuchen immer wieder neues Selbstgespräch, -geraune und -gemurmel. Sally wird sich amüsieren.

In einer Bar stellten wir uns an die Theke und wurden nicht bedient. Der Barkeeper, ein Grieche, wollte gerade seinen letzten abweisenden Blick austeilen, als Sally fragte, ob es einen Platz für zehn Personen gebe. Er führte uns in ein Nebenzimmer und brachte Bier. Sally kippte ihren Netzbeutel aus, und der Inhalt eines Erstehilfekastens lag auf dem Tisch. Außerdem blitzende kleine Messer; Antiquitäten mit handgefertigten Einfassungen. »Alles wegen Laura. Einmal bin ich gestürzt, in den Felsen der Kalanken von Cassis. Am Beckenknochen riss ich mir die Haut auf, zehn Zentimeter lang. Ich blieb liegen, bis die Sonne untergegangen war. Ich schaute auf mein Blut, ich schaute auf mein Blut ... Ich dachte: Du musst dich verbrauchen. Nein, ich dachte nicht ans Glück. Das war ja gerade vorbei. Ich bin Augenmensch, ich muss sehen. Manchmal will ich mein Blut sehen. Es ist von mir. Nie denke ich, dass es feucht ist. Ich liebe seine Farbe und auch die Heilung (The Cure), wenn die Häute sich schließen. Ich will mir ein Gewebestück aus dem Arm schneiden und es aufbewahren. Alles für Laura. Gegen Laura. Sie kann kein Blut sehen, besonders meines nicht. Ja, unsere Liebe, das ist eine Kette von Zurückweisungen.« Der Barkeeper bringt wieder Bier. Sally sagt ihm, die Band könne nicht nachkommen, die Jungs müssten eine Zugabe nach der anderen spielen. Ohne die Spur eines Kommentars dreht der Grieche ab. Als wir auf die Straße traten, war das Licht fahl, blau und kalt wie eine Klinge. Wir suchten uns einen Weg durch den Stadtpark.

Ich werde müde, bin es nicht gewohnt, Bier zu trinken. Sally geht wie ein Junge, vielleicht auch wie ein Mädchen. Etwas völlig Einfaches geht von ihr aus, und ich denke: wenn jemals etwas kompliziert mit uns werden sollte – so hat es nicht angefangen. Still nebeneinander hertrottend beweisen wir, dass wir zu anderem fähig sind. Jetzt straft mich eine Stimme, weil ich an Zukunft in Form von kommenden Tagen denke. Die Zukunft, das war jetzt, sagt die Stimme. Sally wird sich amüsieren.

Wir setzen uns auf die Bank eines Spielplatzes. Sie desinfiziert ein silbernes Taschenmesser und gibt es mir. Es lassen sich zehn oder acht kurze Klingen aus ihm ziehen. Alles ist selbstverständlich. Ich reiße mir einen drei Zentimeter langen Schnitt in die Außenseite der linken Hand. Sie zieht einen Schuh aus; schnippelt über dem Knöchel. Bei mir kommt das Blut zuerst und überschwemmt die Schnittkanten. Jetzt bei ihr. Sie beugt sich über meine Wunde und leckt das Blut ab. Mit dem Finger fische ich etwas von ihrem Knöchel. Es schmeckt nach nichts. Was werde ich getan haben? Ich denke, sie schweigt mehr als ich, sie ist versunkener, besser aufgehoben. Wahrscheinlich unterscheidet uns, dass ich jetzt denke. Ich schließe die Augen und höre den Straßenverkehr. Andere gehen an dieser Stelle mit offenen Mündern aufeinander los. Es ist kühl geworden, und wir kauern uns aneinander.

Von dem Traum, den ich hatte, weiß ich nichts. Das verdanke ich einer Göre im Vorschulalter, die uns weckt, weil sie immerzu plärrt »Das macht man nicht«. Im Hintergrund zählt ihre Mutter die Maschen. Für sie sind wir nicht da. Sie ist der Typ, der lächelt, wenn wir gehen. An sowas überhaupt denken zu müssen! Unsere dummen Gesichter scheinen sich auf das des Mädchens zu übertragen. Sally gibt ihr einen Tritt, und sie heult fort. Obwohl Sally sagt, dass sie es eilig habe, zur Arbeit, in die Küche zu kommen, gar schon zu spät sei, bleibt sie stehen, schaut sich um, mich an, nickt und geht grinsend weiter. Auch ich spüre, dass es sich, bei aller Eile, nicht schneller geht. »Wir werden uns an diesen Tag nicht erinnern«, sagt sie, »wir werden ihn für den kommenden Tag halten.« Sie meint das eher als Bitte. Ich umarme sie, und sie schmiegt ihren Kopf in meine Achselhöhle, bis zur Ubahn Richtung Ruhleben. Ein Selbstgespräch in Englisch führend stolpere ich nach Hause.

Ohne Schlaf, ist an Schlaf nicht zu denken. Dauernd fällt mir etwas aus der Hand. Ich habe nichts, keine Anschrift, keine Nummer von ihr. Komme nicht, wohin auch?, von diesem Küchentisch hoch. Tattergreis. Was ist, sprengt auseinander.

Wie sehe ich sie wieder? Es gab nur den Augenblick, und keinen Gedanken an den nächsten. Ein schwacher Trost, unter zwei Millionen. Ich fragte »Welche Farbe hat Berlin?« Sie sagte »Grün«. Ich muss sie finden. Ich sehne mich nach einem Zustand, den sie mir verspricht. Möglicherweise nannte ich, was ich ersehne, früher Petra, Helene, Gisela, Irene, Charlot undsoweiter. Einmal nannte ich es Grüner Füllfederhalter. Ein anderes Mal Renault 16. Ganz zu schweigen von der Südsee. Meistens sehne ich mich, weil selten alles da ist. Ich nenne diese Zustand Sally. Nahezu glücklich über diesen Anflug eines Gedankens, und schon reißt mir das Küchenmesser beim Zitroneschneiden einen Finger auf. Blut!

Nach einem Traumtee lassen die Zuckungen nach, der Tolpatsch geht.

Ich bin verschmiert. Habe ihren Lippenstift vom Ohr aus über die Wange gestrichen. Rot am Hemdkragen. Ich waschs nicht ab. Hemd aus der Hose, Blut darauf. Ich werde nichts verändern. Gerötete Lidränder, die Augen in die Höhlen gesunken. Ich bin mein Stamm, wer trommelt mit mir, während Fela Kuti singt?

DAS TRIEBWERK

»Ich harre dein! – Wie meine Pulse pochen!«
[Petrarca, Sonette an Laura]

Der entschwundene Leib, die Stimme,
das Augen-Bild von Sally,
Passant jetzt dort, wo, dort in dieser Stadt.
Tagesstunden, gedehnt
wie Dünngummi, platzsicher.
Eins-A-Qual des Liebenden, des Mangelwesens.

Dabei nur eine Nacht, English spoken.
Sally! Stündlich näherrückender Kontinent,
bis die Lampen ausgehen und Oberlicht graut
in voll besetzte traumäugige Busdecks.
Sieben, acht, neun – Keine Zeit, alle Zeit.
Inmitten gehen wir nebenher.

Angeblich erst eine Woche,
die ins Land gegangen,
doch vielmals durch mich hin,
seit wir uns gesehen.
Die Zeiger steinzerschmissener Normaluhren
laufen seit Tagen aus den Rändern
stadtüber in ein Bild des Dalí.

Am achten Tag ohne Dein Klingelzeichen
zum Schrieb geschubst, denn wo hin
inmitten krachender Abwesenheit?

Will erinnern, grad nach vorn,
loddel in Straßen rum,
wenn nicht im Zimmer, ohrenweit zum Telefon,
das fremde Zeichen gibt, magere Willkommen.
Wer anruft, hat den Mangel, nicht Du zu sein.
Die Lieder mit Deinem Namen
werden nicht gespielt.
Kein Trost, Lou Reed in Vinyl,
so weit reichst du nie, Modetropfen.

Und wie, wenn alles Vermissen mirallein gilt,
der nach Ankunft dringt
vorm selbstgezimmerten Bild,
in dem ich erscheine
unter Vorhaltung Deines Gesichts –
Eine Frage, klug genug, um klug zu bleiben.

Noch in den Träumen kommen sie entgegen,
die Falschen.

Gern wüsst ich Deinen täglichen Weg,
Dein nächtliches Fenster.
So altmodisch wird's mit mir.

Will erinnern, will die Bilder und Folgen mit Sally,
will diesen liebenswürdig feierlichen Ausnahmen
des goßen Vergessens eine Fiktion abringen.
Nichts als Fragmente!
Was Erinnern genannt, erscheint
als Bewusstseinstrübung, als Danksagung
an das große Vergessen und seine Ironie.

Sally's wechselnder Anschein in den Riffs
der verwackelten Handschrift –
»Keine Nummer für diesen Anschluss«
Kaffeetropfen auf dem Papier. Nichts los mit mir
in diesen Tagen, die ich doch sauf wie selten.
Wem dieses Erwarten im Warten nur gilt …

Dies und das tun. Aber dies und das sind Folien,
Variationen Deiner dröhnenden Abwesenheit.

Ohne Pause am Vergessen arbeitet das Triebwerk,
dahinter kippt die Erde seitlich weg.
Start und Landung sind die gefährlichen
Momente. Wir schnallen uns – klick! –
wieder an, blicken auf das Lichternetz
einer weiteren Audiovideosiedlung
mit Anschlüssen, für die es keine Nummer gibt.

Sähe niemand mich nun an
sagte keiner er verstehe diese Sprache nicht –
bliebe übrig ausgeklinkter Spürhund, bereit
zu jeder Anhänglichkeit, ohne Stolz und Gang

Keiner hier verlangt nach Haltung,
Entscheidung, persönlichem Urteil gar
Jedem kann ich Zeichen geben

Keiner der das Mütchen kühlt
Zum Zerreißen gespannte Lage, fortallein
in der Sammlung, dem Auflauf

In der Bahnhofshalle langanhaltende
das Ferne am andern suchende Blicke
Im Buch der langen Reise steht der Satz
Mit mir fängt etwas Neues an

Wie kann man Triebwerken trauen, und wie
kann man anders? Die Stimme aus dem Off
ruft meinen Namen: Grüße von …
Und jedesmal ein andrer Name anstelle Deines.

Nicht duallein …

Wie heißt denn diese Stadt, was will ich hier?
Also reise ich zurück, im Bann des Triebwerks nach wie vor.
In Gegenwart aller ging unter ein Gefühl zu Dir,
verbleibt als Sehnsuchtsrieseln vage eines zu mir.

Nicht dirallein gilt mein Warten, Sally.

Komm doch, komm jetzt, wo ich komme,
im Anflug bin, in keinem übertragnen Sinn.
Komm Du anstelle aller, die ich meine.
Immer hink' ich mir ein klein' Stück nach
und such den Rest im andern,
in Dir seit viel zu vielen Tagen.
Mach dich auf den Weg für eine Koinzidenz,
die vorüber ist, wenn man sie denkt.

Nacheinander treten auf, die mal die Richtigen
waren. Als Letzte Du. Die andern gehen weiter.
Du nicht. Du bist noch nicht gekommen.

Ich sinke in den leeren weiten Schlaf,
die Hand aufs Glied gelegt. Erträume keine Insel,
keinen Pfad zur Quelle, sondern ein Geräusch,
ein Singen, und Kreise, die sich streifen.
Erwache aus der Fremde. Jeder Tag ein Leben.

Sally! Unbegründete Zuversicht eines Morgens.
Mittags im Zweifel, am Abend gesenkt.
Wer hat gesagt, ich wartete auf Dich?
Dieser Apfel wird gegessen,
von Biss zu Biss,
zum Griebsch.

Heute morgen selten helles, auf Anhieb klares Licht; nach halbem Tag die Abkühlung, am Abend kalter Wind – September. Diese Nacht verrät, dass die Helle vom Morgen das erste kalte Licht dieses Sommers war.

Es gibt einen wachstumsgestörten, sogenannten Liliputaner in der Stadt, der auffällt, weil er sich farbenfroh kleidet und auch am Tage auf die Straße geht.

Nachts begegne ich den Eingehüllten, die sich bei Tag nicht hinauswagen, weil man sich ekelt vor ihren Verletzungen, meistens am Kopf. Im Gegensatz zu jedem anderen Körperteil schlägt eine zerstümmelte Gesichtshälfte in die Welt der Begierde ein wie eine Bombe. Die Verstümmelten nehmen Rücksicht und bleiben bis weit nach Mitternacht hinter den Vorhängen, bevor sie durch die Nacht huschen für etwas frische Luft. Wie jene Frau in Köln, die, weil ein junger Mann sich an seinen Erziehern rächte, mit ihrem Klassenzimmer in die Luft flog, vor zwanzig Jahren, als sie zehn war. Seitdem verhindert sie, dass man sie erkennt.

Dieser knapp ein Meter große Liliputaner wird von einer Frau umarmt, die niederkniet. Sie fahren sich durch die Haare, pressen sich aneinander. Abgeschaltet, die Augen geschlossen, nimmt der Kleine diesen Körper in sich auf und steht sekundenlang in dieser Haltung alleine da. Die Frau ist aufgeschreckt und fortgerannt, als sie die Menschen im Halbkreis sah. Er jedoch schreitet voran, und Glanz umgibt ihn unter den Vielen.

Ich bin nur noch auf den Straßen, darum sehe ich das. Sally hat mich auf die Suche geschickt. Ich sitze nicht mehr neben dem Telefon und warte. Offensive! Vielleicht sind es zehntausend Blicke pro Stunde, die nötig sind, um zu sehen, dass ich ihr nicht begegne. Ich kann nicht anders. Ich kann derzeit nichts anderes. Bis in den frühen Morgen schickt sie mich durch zunehmend ungemütliche Lokale, in denen sie nicht anzutreffen ist. Aber hier sitzt Henri, und ich beschließe mit ihm die Nacht, während es draußen, hinter den Fenstern, schon recht quirlig zugeht. Allein zum Schlafen komme ich nach Hause und lege den Hörer auf die Gabel zurück. Verabredungen weiche ich aus, indem ich Arbeit vorschiebe. Wahrlich, was für eine Arbeit!

Ich verstehe alle Einwände, die auf Vernunft gegründet sind, verspüre jedoch keine Lust, ihnen zu folgen. Ich weiß, meine Chancen stehen schlecht. Henri rechnet: 1 : 2 000 000. Ich bin auf der Suche nach dem Zufall. Ich konzentriere mich auf das Unwahrscheinliche. Henris Rechnung führt in die Irre. Es fehlt in ihr der knappe Raum, der den zwei Millionen zur Verfügung steht und in dem sie sich wieder und wieder begegnen, was den geläufigen Ausruf »Berlin ist ein Dorf« am Leben hält.

Es gibt mir völlig fremde Menschen hier, denen ich zeitweise in den verschiedensten Stadtteilen begegne. So habe ich übrigens Henri kennengelernt. Innerhalb von drei Tagen kam er in der City, in Tempelhof und auf einem Spandauer Wochenmarkt mir mit seinem gelben Fahrrad entgegen. Gewiss bin ich für jemand, von dem ich nicht weiß, ein ähnlicher Zufallspartner. Ich werde meine Kraft auf Sally richten. Einmal wird sie mir begegnen. Henri ist begeistert, aber nur von der Idee.

Bis es soweit ist, ziehe ich, nicht ohne System, durch die gängigen Lokale, besuche Rockkonzerte, beobachte britische Militärparaden und suche jene Kinos auf, die englische oder amerikanische Filme in den Originalfassungen zeigen.

Das Suchen ist das eine, das Finden das andere. Wer sich suchend nicht verläuft, findet nichts.

Ich bekomme einen Brief von Charlot. Es sind drei zusammengeheftete Blätter, geschrieben zu drei Zeiten. Die Handschrift im ersten Part, im Café notiert, verrät noch die Absicht des Öffentlichen. Mit wohlgesetzten Buchstaben beschreibt sie ihre Versuche, mich zu erreichen. Tagelang sei besetzt gewesen. Im zweiten, nachts zu Hause geschriebenen Teil, erzählt sie eines ihrer Märchen, in dem zweifellos wir vorkommen. Der dritte Teil, wieder nachts und zu Hause verfasst, besteht aus einer Beschimpfung; offenbar der stille Antrieb des vorher Geschriebenen. Um mich madig zu machen, fängt sie zu klieren an. Ihr Namenszug unter allem dagegen ist erstaunlich klar, dem ersten Teil ähnelnd, oder: wie erst am nächsten Morgen unterschrieben. Auf der Rückseite des Umschlags steht: DER IDIOT.

Beim Lesen höre ich eine Grundmelodie ihres Sprechfalls: die betonten Endsilben. Ohne zu gleiten von einem Gedanken in den nächsten »setzt« sie Sätze und unterstreicht die letzten Silben, was wie eine Serie von Ausrufezeichen klingt. In Erregung singt sie sogar, weil sie an die Hebung der Endsilbe noch eine Senkung hängt, des Nachdrucks wegen.

Einer jener Tage, an denen ich wach werde mit der Gewissheit, dass ich nichts beginnen sollte, weil es mir misslingen würde. Henri ruft an und fragt, ob ich bei zunehmendem Mond morgens so unruhig wie er sei. Ich sage, ich würde heute nur Briefe schreiben. Er sagt, an solchen Tagen werde er wach mit dem Gefühl, dass er alles versäume. Dann hole er das Telefon ans Bett und »klingle erstmal durch«. Komm vorbei, sage ich, frühstücken wir und reden wir vom Versäumten. Er könne nicht fortgehen, weil er einen Anruf versäumen würde. Welchen Anruf? Heute sei so ein Tag, außerdem Jupiter verdeckt. Ob nicht ich kommen könne. Ich sage, heute würde ich mir den Fuß an der Bürgersteigkante verstauchen. Ich bliebe lieber im Bett. So ein kleiner stinkiger Septembertag, sagt Henri, man sollte es nicht glauben, und legt auf.

Ich kann keinen Brief an Charlot formulieren. Manchmal gelingen zwei, drei Sätze, dann aber rutscht mir Verstelltes, Missverständliches heraus. Die vielen Auslegungsmöglichkeiten verursachen ein Schwindelgefühl, und quer übers Blatt ziehe ich den Schlussstrich, zum xten Mal. Ich mache den Fehler, an die lesende Charlot zu denken, während ich ihr einen Brief schreibe. Ich möchte genau sein, aber es gibt keine Genauigkeit in den Prozessen. Genauigkeit ist im besten Fall genau einen Augenblick zu spät. Ich möchte Charlot sagen, dass ich sie liebe und nicht ausstehen kann. Vielleicht liegt's auch daran.

Am Wochenende, kurz vor Mitternacht, im Ubahnzug, der in die Vorstadt fährt. In den Waggons »zumeist Jugendliche«, die verschwitzt aus Diskotheken kommen. So wie man ein Lied vor sich hin singt, gehen drei Wörter vor und in mir auf und ab: Der Neue Mensch. Was eine notwendig schöne

Vorstellung war und dann Redewendung wurde, macht hier wieder Sinn, oder was damit zu verwechseln wäre, wenn ich auf die Sitzreihen schaue, wo junge kräftige Körper in den gewöhnlichsten Positionen sitzen. Auch die beiden Mädchen an der Tür, möglicherweise Siebziger Jahrgänge, kennen keine Faxen. Wie früh sie mittlerweile Gesichter und Gesten ihrer Eltern übernehmen, die Neuen Menschen, mit der immer kürzer werdenden Zeit der Kindheit! Dies, was ich jetzt erst weiß, sagte mir vor Jahren ein Gedicht von Attila József. Alles habe ich schon einmal gewusst.

Nur einer in diesem Ubahnzug lässt ein Rätsel bestehen. Aus seiner Reisetasche kommt die Musik, die man hört, wenn der Zug hält; so leise, nur für ihn, ist sie. Voller Gefühl sieht er finster drein. Wir haben den gleichen Weg. Er komme aus Süddeutschland, wo er arbeite, zum Wochenende nach Berlin, wo er wohne. Er macht einen militärischen Gruß und sagt: »Diesen hier! Vier Jahre freiwillig. Im Jahr verdiene ich 25 000 Mark. 6000 gebe ich für die Flüge oder Bahnfahrten aus. Am Wochenende *muss* ich eben zu meiner Frau!« Er schaltet den Kassettenrekorder in seiner Tasche wieder an, geht weiter, und wir winken uns noch einmal zu.

Der Vermissende ist der Idiot. Das höchste der Gefühle anderer für ihn ist Mitgefühl – was ihn rasend macht. Er muss sich zurechtfinden, auf einem Boden, der ihm entzogen ist. Geht er den Klageweg des Erinnerns, Herbeiwünschens, ja Flehens, so gibt er den Spottrealisten, was sie brauchen. Nichts geht für ihn ohne Gleichgültigkeit jedem Kommentar gegenüber. Der Idiot ist nicht anzusprechen, reaktionsschwach, auf einem Parallelweg, der bekanntlich nicht kreuzt; es sei denn … Sally!

In diesen Jammertagen senkt sich schneller die Zimmerdecke. Täglich kann man mir in der Innenstadt begegnen. Nach dem Frühstück schlendre ich zum Landwehrkanal. Meine Spur bildet einen Kreis. Die Kreise werden von Tag zu Tag größer. Aus Wegen zur Post oder zum Supermarkt mache ich Umwege. Sally könnte zu dieser Stunde sagen wir Schuhe kaufen.

Ich treffe Henri. Ich sage Hallo Henri, wie stehen die Sterne? Er fragt Wie geht es dir. Ich biete ihm eine Zigarette an. Was hättest du versäumt gehabt, wenn du neulich zu mir zum Frühstück gekommen wärst, frage ich. Erzähl ich dir ein anderes Mal. Warum? Noch nicht verdaut, sagt er. Und du? Ich bin im Bett geblieben, sage ich. Liebeskummer? Woher weißt du das? Jetzt weiß ich's. Hat sie eine Freundin, fragt Henri. Wieso? Ich habs mit den Freundinnen, sagt Henri. Ich lerne eine Frau kennen, ich gehe drei oder zehn Mal mit ihr essen, einmal bringt sie ihre Freundin mit, und dann funkts. Es tut mir leid für dich, sage ich, aber sie hat keine Freundin. Wenig zuckt Henri mit den Schultern und geht weiter.

Gegen Gewohnheit und Vorliebe zottle ich seit Tagen auch nachmittags durch die Hauptstraßen, verbinde meine Spürgänge mit Nützlichkeiten, die auch am folgenden Tag erledigt werden könnten. Ich flaniere nicht. Will nicht gesehen werden, sondern sehen.

Was mich hier zum Fremden macht: unter zwei Millionen Menschen die Anstrengung der Augen auf nur einen zu richten. Tausende von Betrübnissen täglich. Wenig hat wohl zu bedeuten, dass ich in dieser Stadt geboren bin. Bekannte laufen mir in den Weg, bleiben einfach vor mir stehen und weisen mich auf Schulzeiten hin. Sie reden von früher und ich denke, hinter ihren Rücken läuft gerade Sally vorbei.

Zu Neunzehnhundertsowieso will mir nichts einfallen. Aber ich weiß, dass ich besetzt bin von einer Gegenwart, die noch nicht eingetroffen ist.

Wie viele Stunden an Theken verbracht. Zu sehr pflege ich mein Gefühl und Erinnern als Vergegenwärtigen, als dass schlampig mit mir zu reden wäre. Als das dem Schmuddelweib endlich zu verstehen gegeben ist, sieht sie ein Problem (Geistesaristokratie. Kommt vor). Sie ist scharf auf das, was sie für mein Problem hält, und ist hellwach. Als sie versteht, dass sie mir lästig wird, versucht sie es mit der Solidarität der Gelackmeierten: »Ich steh genauso doof da wie du.« So recht sie hat, so irrt sie auch.

Oder Dschungelnächte. Ich hatte Sally vom hellsten Platz in Discoland erzählt. Wenn Musik und Drinks gut sind, kann ich es ertragen. Ich sehe Charlot, die mich nicht sieht. Würde ich Sally überhaupt wiedererkennen? Angesichts der hier vorgezeigten Verkleidungskünste quält mich diese Frage. Schwarzes Leder, grelles Plastik; akkurat bis militärisch (wahrscheinlich gerade überholt). Schriller Mief. Einer sagt, es gebe nur noch Zitate, und geht, um noch ein paar Zitate aufzusagen. »Unterdrückte Phantasien halten sich an das, was sie erfahren haben« (Nicolas Born). Diese Dschungelnacht ist das Zitat der vergangenen. Ich gratuliere mir zu diesem Gedanken und bestelle noch einen Sunrise (Zitate, Zitate). Bevor ich klug werde, bleibe ich lieber stumm, gehe Charlot aus dem Weg, wechsle die Straßenseite, und müde vom Träumen schlafe ich ein.

Sally, heute morgen warst du hier! Als ich erwachte, fiel die Tür ins Schloss. Die Stelle neben meinem Kopf war noch warm. Erst dann träumte ich von zu schweren Schuhen.

Am Steinplatz sehe ich öfter dieselbe Frau. Beim dritten oder vierten Mal bringe ich sie mit einem Namen in Verbindung, weiß aber nicht, wo und wann ich mit Katrin K. zu tun hatte; nehme an, dass diese Frau nicht Katrin K. ist, sondern dass sie mir gerade recht kommt. Ich werde diesen Namen nicht los, er hat sich eingenistet. Im Telefonbuch finde ich wirklich Katrin K.'s Nummer und rufe sie an. Sie kann sich an mich erinnern, schräg hinter mir sitzend in der sechsten Klasse. Ich erwähne die Mittagszeit am Steinplatz; mittags am Steinplatz sei sie fast nie. In meine Erregung hinein wirkt sie wohltuend sachlich und sagt, bevor wir auflegen, sie sei seit zwölf Jahren Arzthelferin. Seit zwölf Jahren etwas sein …

Würde diese klaren Tage am Ende des Sommers lieber in luftiger Verfassung erleben, zu zweit, täglich mit einem Frühstück, das nicht zu enden scheint, aber dann ist doch noch Zeit für einen Spaziergang, am Wasser lang, für Gedanken, die ohne solchen Raum nie hervorträten. Also stelle ich mir dies vor und wähle den nördlichen Grunewald zum Ziel, wo die britischen Kasernen verteilt sind. Außer den Jeeps mit albernen Soldaten und einer vorüberkeuchenden Fußballmannschaft sehe ich niemanden in der Frühe. Bald schon sitzen Rentner mit Stullenpapier auf den wenigen Bänken, und am Strand turnen die Surfer. Mittags entdecke ich ein Lokal, dessen Speisenkarte in Deutsch und Englisch geschrieben ist.

Am Nebentisch zwei jener Männer Mitte Dreißig, die in schier jeder Lebenslage aussehen, als kämen sie gerade aus der Sauna. In ihrer Begleitung zwei offenbar frisch von den Philippinen gekauften Zukunftsgattinnen. Sie bewegen sich in neuer Umgebung, argwöhnen auf den Unterschied, mit gesenkten Köpfen. Die eine nimmt mich zum Gegenüber, ihr Blick geht durch mich hindurch auf etwas anderes. Hinter sich hat sie eine Familie gelassen, die Männer bemühen sich, Englisch zu sprechen, aber auf was schaut sie nur durch mich hindurch?

Ich frage den Kellner nach Sally und erfahre bei dieser Gelegenheit, dass die Besitzer des Restaurants Italiener sind. Engländer kämen kaum noch, seit es Kasernenkantinen gebe.

Nebenan streichelt ein Fünfzigjähriger einen Spättwen. Ein Moment des Entsetzens für ihn, als er mich sieht. Sein Gesicht ist mir bekannt, ich weiß nicht woher, vielleicht aus dem Fernsehen. Er zahlt sofort und schiebt mit seiner Freundin ab. Der Kellner bringt mir einen Umschlag mit Geld.

Ich gehe durch die Straße, in der Henri wohnt. Bis er öffnet, vergeht eine Weile. Nach einem kurzen »Ach du«, das wie ein »Ach du nur« klingt, rennt er von der Tür ins Wohnungsinnere zurück. Henri steht nackt am Fenster und schaut durch ein Fernglas auf die Straße hinunter. Er zeigt auf einen alten braunen VW-Bus. »Seit zwei Wochen steht der da unten. Wie tot. Aber jeden Tag sind die Vorhänge verrutscht. Zivis!« – »Was willst du von denen?« – »Was wollen die von uns?« – »Wollen die was?« Nach diesem bescheidenen Gesprächsversuch denke ich, dass unsere Sterne sich wieder mal im Weg stehen bzw. gerade nicht. Aber die Sterne rotieren, und ich mag Henri. Dieser Mann hat sich verschanzt auf die unterhaltsamste Weise, die ich kenne. Seine Wohnung ist ein Trödelladen, doch verspielter. Ein Spielplatz, eine Jungenstube, und auch sein Arbeitsplatz. Neben dem Schreibtisch steht ein Schlagzeug. Dahinter Firmenschilder, Straßenampeln, Neonschriften, Parkuhren. Er gibt mir seine neueste Konstruktion, das Fernglas. Vom vierten Stockwerk aus sehe ich die Kratzer am Lack des VW-Busses, und ich sehe, dass die Frau gegenüber einen Pickel über der Lippe hat und dass ihr Schamhaar tropfnass ist. Henri sagt »Ich schätze, drüben wird bald ne Wohnung frei, im zweiten Stock. Türken. Da stehen die Kilo rum. Abends kann man gut sehen, was da über den Tisch geht, nämlich fast alles. Und unten der VW-Bus, verstehst du?« – »Der VW-Bus kann doch auch den Türken gehören.« – »Nein, ist ne Zivinummer, ich habe die Listen. Hier. Nein, ich trau dir zu, dass du das aufschreibst. Aber ich kann dir den Stand vom letzten Jahr zeigen, nach Autotypen geordnet. Ford Taunus zum Beispiel:

B-RP 729

B-KT 527

B-HD 321

B-VH 457

B-VR 591

B-RH 947

undsoweiter. Die Leute wollen die Listen, sie zahlen dreißig Mark und die Kosten, also fünfzig. Letzte Woche haben sie einen Schulfreund befördert. Jetzt kann ich Razzien in Charlottenburg vorankündigen.« – »Und wann wird die Wohnung gegenüber frei?« – »Donnerstagmorgen gegen halb sieben.« – »Das werde ich mir merken.« – »Das wollte ich nicht.« – »Wir können uns heute nicht unterhalten, Henri, merkst du?« – »Ja, ich staune auch über den Aufwand, den wir dafür treiben.«

Ich sehe ja nichts mehr, seit ich auf alles glotze. Man könnte mich Checker nennen. Habe ich ein Lokal oder einen Platz überblickt und als Räumlichkeit ohne Sally ausgemacht, was mindestens alle fünf Minuten vorkommt, so muss ich schnell vergessen, um frei zu sein für die Entgegenkommenden auf der Straße, die nächsten Ubahnbenutzer, den nächsten Raum ohne Sally. Schneller sehen, schneller löschen. Ich kann schon nicht mehr ziellos vor mich hin schauen. Wenn ich die Augen schließe, versuche ich ihr Gesicht zu erinnern. Wir Idioten. Ich sehe ihr Gesicht und weiß doch nicht, ob es noch *ihr* Gesicht ist. Zu lange schon suche ich sie, als dass ich mir des Bildes, das ich von ihr habe, sicher sein könnte. Sie ist viel zu nah, die Entfernte. Ja, ich habe sie mir in den Kopf gesetzt. Aber vorher war sie da.

ZWEIERPACK

I
Dem entschwundenen Leib, der Stimme,
dem Augen-Bild von Sally
täglich nachzuspüren in Fußgängerzonen
oder nachts auf der Diskorennbahn …
Dies kann nur Leuchtschriftrede sein
von jemandem, der die Tastaturen kennt,
fünf Anschläge für LIEBE setzt.

Erobert, was denkbar, verloren, was eigen war.

Ein kleines Buch von Wolfgang Koeppen nehm
ich mir, und mit der Ubahn komm ich bis Paris.

II
Doch keiner der vergangnen Tage
war zum Feiern leicht.
Sie kamen, um zu zeigen,
dass Du nicht mitgekommen.

Ich habe gesucht, ich habe gefunden:

Leib, Stimme, Augen-Bild flirren über
in Berliner Grau, Normalzeit renkt sich ein,
mit Brettern vor den Scheiben.
Nach vierzehn Tagen, Sally, bist du die Tatsache,
die Du so schnell nicht werden solltest.

Futsch der Traum.

Damals – ja, damals – wenn es klingelte, sprang ich ans Telefon und eröffnete erwartungsfroh: Hallo! Gab es im ersten Abtausch weitere Hallos, so ohne aufsteigende Melodien. Es war ja nie Sally am Apparat. Also führten die Melodien vom Anfangsgrußgejodle hinab zum Gesprächsthema, wenn es eines gab.

Charlot rief an ohne zu wissen, was sie sagen wollte. Wahrscheinlich wollte sie nur sagen, dass sie da war. Unerträglich lange schwiegen wir. Selten gibt es ein Thema, das außer uns liegt.

Hallo? Die anonymen Anrufer nehmen ihr Werk nicht ernst. Mit ihren schlotternden Stimmchen löschen sie den Unflat, den sie ausgeheckt haben, von selber aus. Wenn ich ebenso schlampig arbeiten würde, hätte ich solche Anrufe verdient.

»Schreibste grad'n Gedicht?« Wichser ist das Wort, nach dem ich gar nicht mehr gesucht habe.

Freunde begannen an mir zu zweifeln. Beim Mittagessen in der Stadtküche Friedenau sprach ich von Sally. Ich dachte nicht weiter nach. Der Freund hatte von Ingrid gesprochen, also sprach ich von Sally. Dann fragte er, warum sie nicht zum Mittagessen gekommen war. Was hatte ich nur erzählt, dass meine Vorstellung sich in ihm verwirklicht hatte?

Man sprach von ihr. Sie wurde Das Phantom genannt. »Wie gehts dem Phantom?« Da lässt sich kaum mehr still und dringend fiebern. Sie ist nicht hier. Oder?

Das Wünschen hatte geholfen, mit Sally, in Form ihrer Abwesenheit, eine gemeinsame Zeit zu haben.

»One of these days, I'm gonna get myself organized.«

[Travis Bickle]

I.

Am Morgen nach dem missglückten Attentat auf Ronald Reagan treffe ich S. beim Brötchenholen. Auf der Rolltreppe sagt er, er könne den Attentäter John Hinckley verstehen; erst stelle dieser der Schauspielerin Jodie Foster mit Liebesbriefen nach, nun dem Präsidenten mit der Knarre. Er, S., könne das ebenso getan haben, nur sei er zu intelligent für solchen in Tat gesetzten Impuls, und frivol lacht er an den Brillenrändern vorbei.

Noch einmal gehe ich in den Film »Taxi Driver« von Martin Scorsese. Wie so oft bei früher gesehenen Filmen sind mir einzelne Bilder bekannt wie selbsterlebte, während der Plot mir gänzlich entfallen ist. Der Reagan-Attentäter John Hinckley, Sohn eines Ölmillionärs aus Denver, Colorado, hat diesen Film vierzehnmal gesehen. Er muss die Dialoge auswendig gewusst haben. Vierzehn Mal hört er den Satz »Uns trennen Welten«, kühl ausgesprochen von Betsy, der Frau, die Travis Bickle, der Taxi Driver, begehrt wie keine andre. Vierzehnmal sieht er, wie für Travis die Taxi-Erfahrung und die Zurückweisung durch die Frau in den Fluchtweg der »totalen Mobilmachung« gegen das »Ungeziefer« münden (siehe Motto). Vierzehnmal sieht er, wie Travis sich körperlich fit macht und vier Pistolen verschiedener Kaliber kauft. Vierzehnmal schiebt Travis, breitbeinig und nun mit einem Irokesenschnitt, bis an die Zähne bewaffnet durch New York als einer, der sich verteidigen kann. Vierzehnmal setzt Travis sich in den Kopf, die vierzehnjährige Prostituierte Iris vor ihrem Zuhälter schützen zu müssen, was in vierzehn Blutbädern endet.

Travis Bickle will einen glorreichen Tod sterben. Sein Unternehmen ist ein Selbstmordkommando. Am Ende ist er der Betrogene: Seine Pistolen sind leer, er kann sich nicht selbst töten.

John Hinckley und Travis Bickle sind den Behörden bis zu ihren Taten Unbekannte. Ihren Idolen näher als verlangt, gehen sie den Weg der amerikanischen Selbstverwirklichung: »Wenn du kein Star bist, dann mach dich zum Star!« Auch das Gericht sieht den Film.

Der beginnt mit Travis' Einstellung im Taxibetrieb. Der Officer ist misstrauisch und sucht den Makel an ihm, die kriminelle Absicht, denn nur Gangster würden auch in die Bronx fahren, wie Travis es tun will. Er führt alle Aufträge, auch die außergewöhnlichen, aus. Nach einem ersten Rendezvous lädt er Betsy ins Kino ein, unglücklicherweise in einen Pornofilm. Dann hört er den Satz »Uns trennen Welten« und beginnt sich aufzurüsten. Das Blutbad im Puff kann er für sich noch damit begründen, dass er die von Jodie Foster dargestellte Prostituierte »schützen« muss vor erlittenem Unrecht.

Nach vierzehn Kinobesuchen ist der gewöhnliche Vorgang der Verwechslung von sich selbst mit einem anderen bei John Hinckley so weit fortgeschritten, dass er der wirklichen Jodie Foster mit Liebesbriefen nachstellt, die mehr und mehr zu Drohbriefen werden. Jemand müsse sterben, wenn sie sich nicht auf einen Treff einlasse. Jodie Fosters nie ausgesprochene, doch sehr wohl bei John Hinckley angekommene Antwort lautet »Uns trennen Welten«. Wer Entsprechungen sucht, der findet sie.

Finanziell von seinen Eltern gestützt, reist John Hinckley ein Jahr lang durch die USA, um sich seinen Treffer auszusuchen. Er begleitet Präsident Carter auf einer Vortragsreise, verwirft ihn jedoch als Angriffsziel. In einem nicht gerade von Inspiration gezeichneten Moment spielt er mit dem Gedanken, sich am Todesort von John Lennon zu erschießen.

Auch Travis schießt nicht sofort. Ursprünglich plant er, den Präsidentschaftskandidaten umzulegen, für den Betsy arbeitet. Das Attentat scheitert an einem Sicherheitsbeamten, dem Travis gerade noch entkommen kann.

Am 30. März 1981 löst sich John Hinckley aus einer Zuschauergruppe, die Ronald Reagan zujubelt. Hinckley trifft die Lunge des Präsidenten, das Gehirn des Pressesprechers und das Genick eines Polizisten.

Die Vorstellung ist zu Ende, ich verlasse das Kino. Wir machen mir jetzt Angst. Jede Selbstverwirklichung macht mir jetzt Angst.

»Wenn ein Japaner seine Zeit für gekommen hält, wird er die Fenster schließen und sich töten; ein Amerikaner öffnet die Fenster und tötet andere« (Paul Schrader, Drehbuchautor von »Taxi Driver«).

Vierzehn Monate nach der Tat entscheiden zwölf Geschworene, John Hinckley für im Augenblick der Tat nicht zurechnungsfähig, also für nicht schuldfähig zu erklären. Die Gutachter der Verteidigung, für die Hinckleys Vater etwa eine halbe Million Dollar hinlegt, schildern den Angeklagten als realitätsfernen und lebensuntüchtigen »Träumer«. Die Ankläger bezeichnen ihn als kaltblütigen Egozentriker, der töten wollte, um berühmt zu werden. Licht und Mut für alle kleinen Travis und Johns der Zukunft und das weltverbreitete Große Identifikationsspiel!

II.

»Nadja« von Breton gelesen. Eine Begebenheit, die Breton eine Fußnote wert ist, beschreibt, worum es in diesem Buch geht.

Der Ich-Erzähler und Nadja sitzen im Auto. Nadja »presste mit ihrem Fuß meinen Fuß aufs Gaspedal, versuchte ihre Hände auf meine Augen zu legen und wollte, dass wir im Vergessen, das ein endloser Kuss gewährt, und zweifellos für alle Ewigkeit nur mehr einer für den anderen existierten und so in voller Fahrt auf die schönen Bäume zusteuerten. Welch eine Probe für die Liebe, in der Tat! Ich brauche nicht hinzuzufügen, dass ich diesem Verlangen nicht nachgab.«

Wie kommen die beiden ins Auto? In einer Pariser Straße sieht der Erzähler »eine junge, sehr ärmlich gekleidete Frau« mit einem »unmerklichen Lächeln«; ihr Gang ist »zart«. Er spricht Nadja an und trifft sie in den folgenden Tagen. Er nimmt sie überhöht wahr und kommt zu dem subjektiv nicht falschen Schluss, dass sie eine Hellseherin ist. So nah sie ihm auch kommen mag; er hält sie für unerreichbar. Ein solcher strebt die Ebenbürtigkeit mit dem idealisierten Partner an und erlebt dieses gleichzeitig als Drohung. So nehmen sie die Autofahrt auf.

Bevor sie ihm erreichbar wird, stößt er sie fort, und aus der Überhöhten wird die Niederträchtige: »Sie war es sich nicht leid, ... mir die kläglichsten Wechselfälle ihres Lebens in allen Einzelheiten zu erzählen, ... mich zu zwingen, mit stark gerunzelten Brauen zu warten, bis sie von selbst zu anderen Übungen überging.« Als er erfährt, dass Nadja ins Irrenhaus eingeliefert worden ist, rettet er sich in einen acht Buchseiten langen Fluch auf die Psychiatrie.

Breton legt Wert auf die Feststellung, dass alles sich so begeben habe. Zwar ist das keine Frage der Kunst, doch ist diesem (zum Scheitern verurteilten) Versuch zu verdanken, dass er die Rolle des Erzählers nicht beschönigt. Selten sprach jemand so ehrlich vom gleichermaßen gebärenden wie tötenden Vorgang des Projizierens; jener Vorgabe, die der Einzelne ausgeben kann und muss im Spiel der Kräfte. Der Erzähler Breton, der am Ende des Buchs beiläufig erwähnt, dass er verheiratet ist, ist ein Projekteur, dem sich das Weiß der Leinwand zwar manchmal manisch bevölkert, der die Chance zum Irrtum jedoch nicht ignoriert.

Die Fußnote endet: » ... so kommt für mich auf dem Gebiet der Liebe nur in Frage, unter allen erforderlichen Bedingungen jene nächtliche Fahrt wiederaufzunehmen.«

Aufs neue flackert mein Wünschen nach Sally auf, so dass ich die Lesung unterbrechen muss. Sally kommt nicht, noch nicht, und ich lese weiter mit der Gewissheit, dass diese nächtliche Séance mich ihr näher bringt.

Später wird niemand davon gewusst haben, dass es erst die elektrischen Gitarren, später die Synthesizer waren, die uns kontrollierten. Längst sind Boxen, aus denen Sound röhrt, nicht genug. Seit die Musiker hinter ihren Elektroniktürmen kaum mehr zu sehen sind, geht man, für ein paar Mark mehr, lieber in eines der zig Konzerte, die hier allnächtlich geboten werden. Eine Band von der Insel, die auch Sally einmal erwähnte, spielt heute in der Musichall, und ich sitze in der Ubahn zwei Musikspezialisten gegenüber, vermutlich Schülern, die sich, mehr mit Summen und Grunzen als mit Sprechen, von Liedern erzählen, die der andere nicht kennt. Sie suchen den treffenden Ausdruck für Saxofoneinsätze, Funkgitarren, lupfende Bässe, aufgedrehte Sequenzer, Congagewitter und Rhythmusrituale. Immer wieder halten sie ihre Hände so, dass man eine Gitarre hineinlegen könnte.

Ist jemals so viel und dürftig von Musik gesprochen worden? Überall klingt sie auf, und kurz danach geben die Menschen ihre obligatorischen Geschmacksäußerungen über sie ab. Wir sind zu Hause und hören Musik aus dem Radio oder von der Platte, während wir baden, telefonieren, essen oder uns schminken. Besonders gern haben wir die Musik, wenn wir miteinander sprechen wollen. Um uns zu treffen, setzen wir uns in Autos, in denen wir erstmal eine Kassette einschieben. Im ersten Lokal gefällt es uns nicht, weil die Musik zu laut ist, im zweiten bleiben wir nicht, weil es ganz ohne Musik zu still ist. Wo wir schließlich ankommen, läuft jemandes Lieblingsstück und wir machen eine Pause, mit Absicht. Die Gesprächspausen ohne Absicht dagegen, jene Momente, in denen man Gesagtes in sich eingehen lässt und horcht, ob es auf Widerstand stößt – sie gehen in der Regel über in flotte Anmerkungen zur Umgebung unter besonderer Berücksichtigung der Musik und des Modezeichens, das sie darstellt. Über Stunden können Geschmäcker sich auf diese Art bestätigen oder bekriegen. Zuweilen entlarven sie einander, indem sie ihre Vorlieben mit politischen Begriffen ausstatten, oder sie verbrüdern sich in haarsträubend interdisziplinären Triumphposen, wobei sie schon mal vergessen, mit dem Fuß im Rhythmus zu bleiben, so mitreißend sind die Gespräche über Musik. An ihr meinen sich Lebensarten zu erkennen. Man widerspricht nicht dem andern, sondern dem Musikgeschmack des andern. Da das Denken sowieso auf den Geschmack gekommen ist, zeigen wir uns in den Gesprächen über und um Musik wahrhaftig.

Ich versuche auch nur, das stupide Ubahnfahren erträglich zu machen und mich an paar Gedanken festzuhalten, ähnlich wie die beiden Schüler gegenüber paar Songs auffrischen. Sie sind schön und ganz bei der Sache, einfallsreich im Beschreiben einer geilen Stimme, im Nachstammeln einer fickrigen Basslinie. Die Sache, von der sie sprechen, lebt, und werden sie später ähnlich vital von ihrer wirklichen Liebe sprechen können? Zusammen steigen wir aus. Ich bin nicht so gut gelaunt, dass ich einem Punk, der mich fragt, Geld gebe, und lege der Kassiererin zehn Mark hin.

Sie spielen schon. Ich sehe nur ihre Köpfe. Dies ist so sehr Clubkonzert, dass die Band nichtmal ein Podium hat. Obwohl ihr Name nach einer Bühnenshow mit mehreren Vorhängen ruft: Theatre Of Hate!

Die fünf Briten sind stämmige Naturen mit breiten Kieferknochen. An den Seiten sind ihre Haare geschoren, nur oben lassen sie ein Büschel stehen. Sie schwitzen. Jedes ihrer Stücke ist ein einzelnes Gebäude, immer ein wenig der Erwartung zuwider gebaut. Was immer wieder kommt, ist dieser schleppende Rhythmus, an dem Schlagzeug, Bass und Gitarre arbeiten, ohne sich in Soli zu verirren, aus denen das Saxofon nicht mehr herausfindet. Allein die Stimme des Sängers variiert, brüllt heraus, haucht, dröhnt in einer Tiefe oder fiepst in der Höhe.

Ich sehe eine Frau in roter Lederjacke. Sie hat eine altmodische, also modische Wellenfrisur, wie meine Mutter in ihrer Jugend. Man gibt sich hier schwarz, und zwar in Leder, oder auch in Kunstleder, und zwar aus Prinzip. Ich überlege, ob dies die dritte oder vierte Generation von Colatrinkern ist; jedenfalls sind sie zehn Jahre jünger.

An den Seiten der Bühne, die keine ist, in der Nähe der Frau mit der Lederjacke, befinden sich Podeste, auf denen noch Platz ist. Ich schlängle mich an den dicht Stehenden und Wippenden vorbei. Zum Tanzen spielen die Fünf zu schleppend. Vom Seitenpodest aus, etwas hinter ihnen stehend, sehe ich die Musiker vor der ersten Reihe arbeiten, in der die Schickeria der Zwölf- bis Fünfzehnjährigen zu sitzen scheint. Mit aufgefärbten und frisch gekämmten Köpfchen scheinen sie vor allem um die Erhaltung ihrer ausdrucksarmen Gesichter bemüht zu sein. Zwischen den Stücken werden die Musiker beschimpft und angespuckt. Größer kann die gegenseitige Zustimmung kaum sein. Die Musiker können sich nur wehren, indem sie weiterspielen. Vom ersten Ton an wälzen sich die vorderen Reihen vor, zurück, zu den Seiten, und die Schicken in der ersten Reihe müssen das Geschiebe mit ihren schmalen Rücken aufhalten, um nicht in die Musiker hineingeschoben zu werden, und sie schwitzen unter all dem Puder wie die anderen. Lederjacken stoßen einen Älteren mit freiem Oberkörper zur Seite; der lächelt, und sie drehen sich von ihm ab. Und das Fantastische an allem ist, dass es so abgemacht ist, denke ich, und der Sänger singt »Do you believe in the West World?« Immer wieder ein Auf und Ab der Köpfe, wenn der Rhythmus wechselt, wenn der Sänger hochspringt, wenn der Gitarrist erbarmungslos exakt, wenn die Vorgabe des Schlagzeugers total wird (als ahmte er eine Rhythmusmaschine nach), und zwei Spiegelsäulen vergrößern das Bild, verdoppeln die Menge hoch bis zur Decke und zurück. Dort sehe ich das weiche Profil der Frau in der Lederjacke. Die Band hält die Pausen zwischen den Stücken so kurz wie möglich. Lässt der Donner aus den Boxen nach, hagelt es Pfiffe und Flüche. Sie stellen ihre Instrumente hin, nehmen die Handtücher und gehen von der Bühne, nach einer Stunde. Coladosen fliegen hin und her.

Ich sehe Sally, in der Spiegelsäule. Verliere sie aus den Augen, finde außerhalb der Spiegel nicht ihren wirklichen Platz. Mir wird schwindlig. Das Mikrofon wird umgestoßen, und die fünf kommen wieder, mit ihren Handtüchern, spucken in die Richtung der Lederjacken. Sie sagen, sie freuen sich, und das Schlagzeug klingt wie eine Peitsche. Sally ist nicht mehr in den Spiegeln. Der Sänger muss den Vorpreschenden ausweichen, jemand fällt ins Schlagzeug, der Sänger deutet einen Tritt an, der Trommler trommelt weiter und scheint nur so die Teile seines Geräts zusammenhalten zu können. Ich sehe dies alles nur, ich nehme es nicht wahr. Ich sehe dies alles nur, weil ich Sally suche oder das Gespenst, das ich für sie hielt. Jetzt tanzt auch die Frau in der Lederjacke. Niemand hier, der nicht schwitzt. Noch einmal spielen sie ihren derzeitigen Hit »Do you believe in the West World?«, und alle tanzen, alle außer mir.

Sie ist es. Ich stürze zu ihr hin und reiße uns und andere zu Boden, womit ich mir einige Tritte einfange. Ich knie über ihr und presse sie auf den Boden. Sie lacht und versucht sich zu befreien, mein Griff an ihrem Hals wird fester, und sie singt den Text mit. Schwere Stiefel treten mir ab und zu in die Seite. Sally, wie sieht sie aus!

Die Musiker gehen unter gellenden Pfiffen noch dreimal mit ihren Handtüchern an uns vorbei, um drei Zugaben zu spielen. Auf Sallys Wange ist eine Linie bis zur Schläfe hin verschorft. Ich taste die Ränder ab. »Es tut nicht mehr weh.« Wir kneifen uns. Darauf habe ich gewartet. Sie zeigt auf ihre Wange. »Das habe ich mir für Laura angetan, letzte Woche, ich komme gerade aus Griechenland. Lass uns hier rausgehen.« Sie will meine linke Hand sehen. Es gibt noch eine kleine Narbe. Wir schlängeln uns durch eine Menge, die ich nicht mehr sehe. Draußen regnet es, die Lichter spiegeln in den Pfützen, und mir kommt das wie eine Lösung vor, so einfach den Raum wechseln zu können und dann einen solch weiten zu finden.

Das meiste sagen wir ohne Wörter. Es spricht der Druck unserer Finger an den Stellen, der Schmerz dabei, die aneinandergeschmiegten Köpfe, das Gemeinsame an allem, das wir auslassen, indem wir nichts weiter tun, als durch den Regen zu gehen, in einen anderen Bezirk.

»Ich bin dann von Athen nach London geflogen und habe Mr. Whitman besucht. Er ist russophil und will mit mir in die Sowjetunion reisen. Bisher habe ich immer abgelehnt. Diesmal hat er gesagt, dass er nichts von mir wolle. Ich sagte: Nur wenn Sie etwas von mir wollen, überlege ich überhaupt, ob ich mitkomme. Er sagte, er würde mir schreiben. Er wird es nicht tun.« Sally will ein Bier, wir tropfen auf zwei Barhocker. Sie ist nicht mehr mit Pflastern beklebt, hat nur diesen verschorften Schnitt im Gesicht. Diese Bar ist mir bekannt als Ort, an dem ich alle Lust verliere, woanders hinzugehen. Ich erzähle ihr das. Sie sagt, sie habe den Erstehilfebeutel auf der Rückfahrt ins Ägäische Meer geworfen. Wenn es mir wichtig wäre, würde ich ihr nicht glauben. Ich halte es in dieser Bar nicht mehr aus und bitte Sally, mitzukommen. Wir vergessen zu bezahlen. Laut kommt uns der Kellner nach. Ich gebe ihm fünf Mark fürs Bier und zwei Mark, um ihn loszuwerden.

Ich verleugne mein Warten auf sie. Sie will wissen, was ich gearbeitet habe. Ich sage, ich hätte nur etwas versucht. Was ich auch sage, erscheint mir als Ausflucht vor der Szene, in der ich ihr gestehe, dass nur sie mir durch den Kopf geht seit Wochen. Ich drücke einen Finger in ihren Nacken und drücke ihn fest auf ihrem Rücken hinunter. Schließlich sage ich, fast ein wenig zur Seite, dass ich sie gesucht habe. Sie will nach Hause.

»Bring mich noch ein Stück, hier entlang.« Überallhin würde ich sie begleiten. Sie zeigt in einen langen Straßenzug mit Bürgerhäusern und alten Bäumen, deren Kronen über den vierten Stockwerken rascheln. Sally umfasst mich, und ihre Schulter passt wieder genau in meine Achselhöhle. Ihr Griff ist fest. Durch Seitenstraßen, die wir überqueren, zieht kräftiger Wind, der einen Regen hertreibt, und wir rennen schnell rüber. Wieder in der schützenden Häuserschlucht, gehen wir langsam und eng, bewegen die Finger, streichen und pressen die Stellen, drücken auf Muskeln und ziehen Striche über Gewebelandschaften. Wir, unsere Körper sind es, die wie auf ein Kommando hin, das es nicht gegeben hat, stehenbleiben. Die Pheromone tanzen! Wir geben uns Küsse, ohne ein Gefühl für Zeit, wahrscheinlich zu lange und zu kurz. Später, als wir loslassen, ist alles anders und wir sind andre. Wir kommen nicht weiter. Wir sind am Ziel. Ziellos wechseln wir in andere Straßen, dort, in dem Raum hinter den geschlossenen Augen. Das Geräusch des Autobahnrings hat nicht allmählich zugenommen; alle sind zur gleichen Zeit losgefahren. Vermummte streifen uns. Schon hat niemand Zeit. Wir haben sie auch nicht; aber wir wollen sie auch nicht. Extreme treffen sich nicht in der Mitte.

Sally will nach Hause. Ich frage sie nach ihrer Nummer. »Mich erreicht man nicht.« Ich gebe ihr einen Kuss, meine Nummer, und sie nimmt sie.

Ihr nachlaufen? Mich vor sie hinknien? Sie an den Schultern packen und mit einem Haufen Wörter am Eigentlichen vorbei? Fixieren? Löschen? Jetzt biegt sie um die Ecke.

In dem Traum mit den zu schweren Schuhen erscheinen am glücklichsten jene, die noch nie vom Glück gehört haben.

DER SPRINGENDE PUNKT

Wenn ich mich nicht wollte
hielte uns nichts zusammen.
Dein Tee ist in der Umlaufbahn
und ich werde ruhig.
Ich werde unruhig und du verliebst dich
in dich vor meinem Spiegel.
So mag ich dich, aber ich mag
mich auch ganz anders.
Wir lernten früh, dass jeder jeden kennt
und sich die Falschen grüßen.
Du machst meine Bemerkung
ich falte die Zeitung in deiner Art.
Herr Ober, wir zahlen getrennt!
Und schließen die Türen hinter uns
weil wir in keiner Gestalt zur Ruhe kommen.

»*Alles scheint ganz natürlich, wie immer,*
wenn man die Wahrheit nicht weiß.«

[Julio Cortázar,
Brief an ein Fräulein in Paris]

Vorüber sind die Tage mit dem kalten klaren Licht. Von Sichtweite nicht zu reden. Freundliche Stimmen versuchen, das Wort Smog zu vermeiden, sprechen von hohen Werten und wünschen gute Fahrt. Um die Zimmerluft nicht zu verpesten, bleiben alle Fenster zu. Das drückt auf die Dialoge. »Sag mal, heißt du Dieter?« – »Nee.« – »Ach schade, gestern habe ich einen Dieter kennengelernt, der sah genauso aus wie du.« – »Ahja. Tschüs.« – »Tschüs.« Die Tauben werden immer unverschämter, segeln von hinten über die Scheitel oder wackeln einem vor den Füßen rum. Die Kinder wetten, wer als erster trifft. An jeder zweiten Bushaltestelle stehen alte Frauen, und das erste, was man von weitem erblickt, ist das leuchtende Plastik ihrer Gießkannen. Tage, weniger für Melancholiker als für die, die's werden wollen. Sie schlagen die Kragen ihrer Regenmäntel hoch. Ich sehe sie herumstreunen. Sie fahren Sbahn und denken übers Niemandsland nach, oder sie bestellen zur Schokolade einen Cognac und schreiben ihr Tagebuch voll. Seit Tagen keine Sonne. Im Vorübergehen Sätze wie »Das müsste man mal demoskopieren«. Ich wache auf und schon ist es Zeit, das Licht anzumachen. Also nichts los mit mir. Also Mondscheinsonate. Der erste Satz holt mich ab. Der zweite zieht die Bewegung an. Im dritten ein Optimismus, dem nur zu glauben ist, weil er das stille Thema des ersten Satzes in sich birgt, und nun atme ich durch. Ich sage »Der Tag kann beginnen« (Selbstgespräch) und das Telefon klingelt. Sally. Ich muss mich setzen. Sie ist im Zoo, sagt sie, im Raubtierhaus, und will mich sehen. Zehn Minuten später irre ich durch den vernebelten Park.

Die Freiluftgehege sind leer, Tiere und Menschen sind in den Häusern. Ich schreite das Raubtierhaus ab; vielleicht hundert Menschen; gehe an stolzierenden Hyänen, Löwen und sibirischen Tigern vorbei, aber finde Sally nicht, und es ist Fütterungszeit. Das Löwenpaar Heinrich und Gina (ein Geschenk der Firma Heinrich), ihr noch namenloses Jungtier und die Löwin Opta (ein Geschenk der Firma Loewe-Opta) promenieren vor den Zahlenden, und die fühlen sich gut bedient. Es geht alles ganz schnell; ist eben nur der tägliche Halbvierhunger und keine Beute. Auf beiden Seiten der Gitter steigt die Spannung gleichermaßen, und Heinrich vernichtet sie mit einem im Mauerwerk vibrierenden Knurren, kurz bevor er nach dem Fleischfladen schnappt. Die Kinder jubeln, die Väter nehmen sie von den Schultern. »Lass uns ins Nachttierhaus gehen.« Sally trägt eine Sonnenbrille mit schwarzem Rand. Ich will sie in den Arm nehmen, aber sie schlüpft einige Stufen hinab, in die für dämmerungsaktive Tiere simulierte Nacht. Vor den Schaufenstern der senegalesischen Galagos, nicht größer als Mäuse, sind Springtiere mit katzenähnlichen Köpfen, die fidel in dem Zwei-Kubikmeter-Geäst herumturnen. »Nachttiere sehen keine Farben. Nur Grau. In allen Abstufungen. Die hellbraunen sind die Weibchen, die grauen sind die Männchen.« Zwei treiben es auf einem Ast. Er sitzt auf ihr und stößt sie, langsam, und seine Hinterbeine schmiegen sich nahtlos in ihre Seite. An der Stelle, wo sie zusammenstecken, schnüffelt ein anderes Männchen, lange und gründlich, und das scheint in Ordnung zu sein. So vergeht die Zeit. Die Augen gewöhnen sich ans Dunkle. Ich sehe, dass ihre Narbe auf der Wange verheilt ist. Keine Pflaster an den Fingern. Sally sieht gesünder aus als je zuvor. Statt ihr das zu sagen, mache ich ihr ein verrutschtes Kompliment, und als ich das Wort Babyface ausspreche, rammt sie ihren Kopf in meine Brust, so dass es irgendwo innen quietscht, und stößt ihr Knie gegen meinen Oberschenkel. Ich drücke sie an die Wand und würge sie mit beiden Händen. Sie wird weich und öffnet den Mund. Ich lasse sie los. Der Galago-Dreier auf dem Ast ist dahin. Ein Männchen hat sie auseinandergescheucht und den Rivalen vertrieben. Das Weibchen lässt sich von dem Eroberer beschnüffeln, aber nicht besteigen. Der Vertriebene leckt sich. Das Weibchen kommt und hilft ihm dabei. Tusch, Abspann. Ich gehe nach Hause, bin fix und fertig. Also Mondscheinsonate. Einen Tag später steht sie vor der Tür, mit Kuchen in der Hand, und sagt kein Wort. Ich nehme die Entschuldigung an und mache Kaffee für uns. Noch immer tut mir das Brustbein weh. An ihrer Schulter hängt der rosa Netzbeutel, doch ohne die kleinen Schachteln. Ich denke: sie ist schön. Sie sagt, dass das ihr Wetter sei, und hustet. Ich lege eine Platte auf. I hang on to my vertigo. Die Tatsache, dass wir nur dasitzen, Kuchen essen und vom Wetter sprechen, beruhigt mich. Sie hat ein paar Singles gekauft. Immer wieder legen wir »Ghosttown« von den Specials auf. Wir spüren, dass es das Lied dieser Tage ist. »Ich suche eine Wohnung. Seit Lauras Freund bei uns wohnt, ignoriert sie mich. Sie spricht nicht mit mir. Sie ist kleinlich und geizig. Sie will mich hinausekeln.« Zum ersten Mal, seit ich hinter Sally her bin, sitzt sie mir in Lebensgröße gegenüber, ohne Hinzufügung, ohne Überhöhung. Ich rufe Henri an. »Henri, ist die Wohnung gegenüber schon frei?« – »Generalstabsmäßig.« – »Kannst du, visuell meine ich, die Schöne aus dem vierten Stock nach dem Hausbesitzer fragen?« – »Hast du mal aus dem Fenster gesehen? Nebel, Smog, Luft aus Blei. Ich sehe das verfluchte Haus seit Tagen nicht mehr.« Aufgelegt. Wir bleiben ohne jede Angriffslust noch lange sitzen, schlafen nebeneinander und machen nach dem Frühstück einen Spaziergang. In dieser Nacht sind wir Verbündete geworden. Beim Abschied kratzt sie mir die Haut vom Fleisch, und ich drücke ihren Brustkorb ein. In diesen Tagen wachsen meine Fingernägel schneller. Nach unseren Begegnungen brauche ich immer einige Stunden, um sie der Wirklichkeit zuzuordnen; ohne Mondscheinsonate. Das Tempo, das Sally vorlegt, ist enorm. Noch am selben Tag meldet sie sich aus dem 21. Stockwerk des Europacenters und sagt, ich solle ans Fenster gehen und hochschauen. Es ist viel zu neblig. Das ist die Berliner Luft. Ich sehe nichts. Ich ziehe Schuhe an, renne vier Treppen runter, laufe zwei Minuten und drücke die 21. Etage. An der Ostseite erkenne ich ihren Umriss. »Ich bin verrückt. Bei diesem Nebel. Ich habe nicht daran gedacht. Aber ich mag es. It's Cloud Nine.« Hier oben lässt das Haus seinen Dampf ab. Die verschiedensten Lüftungsmotoren drücken die verschiedensten Lüfte aus ihm heraus. Sie entfachen einen Luftsturm aus Küche und Klo. Ein Ansichtskartenstand sorgt für ein paar Farben. Sally sagt mir, ich solle die Verkäuferin fragen, ob es eine Karte »Europacenter im Nebel« oder so ähnlich gebe. Die Verkäuferin, nach einem Hustenanfall mit tränenden Augen, schüttelt den Kopf und lächelt. Sally lässt die Mundwinkel hängen. Sie sagt, in London gebe es Nebelkarten. Hier wolle man den Nebel wohl nicht zugeben. Die Verkäuferin zieht eine Kamera vor und knipst uns. So schnell geht das. Es ist eine Polaroid. »Sie sind die ersten heute. Gestern warens vielleicht zehn, den ganzen Tag über.« Sie hustet wieder und wischt sich die Tränen ab. »Machen Sie doch den Laden zu.« – »Darf ich nicht. Ich bin nur angestellt.« In ihrer wedelnden Hand wird das Foto fertig. Sie gibt es Sally, und die hüpft. »Darling, schau: nichts als Nebel, überall Nebel, und unsere beiden dummen Köpfe hier unten in der Ecke, verwackelt wie in den besten Familien. Sag ihr, dass es das schönste Geschenk ist, seit ich hier bin.« Im Fahrstuhl biete ich ihr an, im freien Zimmer meiner Wohnung einzuziehen. Sie lehnt ab. »Und außerdem ist Lauras Freund weg für eine Woche.« Sie schenkt mir das Buch »Goodbye to Berlin« von Christopher Isherwood und hopst in einen Bus.

»Na wo bin ich denn?« Ich bleibe auf der Stelle stehen, um nachzusehen. Die Frage ist mir bekannt, die Hauptstraßenkreuzung, auf deren Fußgängerabschussstreifen ich Standbein und Spielbein wechsle, ebenso. Ich kenne die Inhaber mancher Geschäfte hier und kann die Gesichter einiger Verkäufer, insbesondere einer Apothekengehilfin, erinnern. Das ist nicht alles. Ich sehe die Blutflecken eines Selbstmörders, die der Regen abgewaschen hat. Ich sehe Häuser, die es nicht mehr gibt, ich kenne die Straßenbahnschienen, die niemand mehr sieht, und es kommt mir vor, als habe ich mein bisheriges Leben an dieser Kreuzung verbracht, bevor es kracht und mir bewusst wird, dass ich ein Heimspiel habe. Ständig kracht es an dieser Kreuzung, in den Jahren des Wohlstands jedoch heftiger. »Wir sind doch nur übers Wochenende hier«, plärrt das Mädchen im gelben Hemd, auf das Bluttropfen von ihrer Stirn herab kullern. Sie ist aus dem 17 M gestiegen, der wie in keinem Film zwei Meter hoch über meinem Kopf die Fahrbahn wechselte und dreimal, vorn, hinten und auf dem Dach, aufschlug. Links abbiegen ist verboten. Sie kommt redend auf mich zu, aber ihr Freund im Autowrack hat in seiner letzten Beschleunigung immer noch den Fuß auf dem Gaspedal, es ist ein Höllenkrach, und ich verstehe nicht, was sie sagt, bevor sie auf der Fahrbahn zusammensackt und sofort jemand ruft »Ich bin Arzt«. Der Motorradfahrer, dem sie ausgewichen sind, steigt krachend aus einem Schaufenster der Berliner Bank und wird sofort verhaftet. Es stehen so viele Polizisten herum, dass sie sich nicht einigen können, wer den Fall aufnimmt. Die Strategie lautet

»Abschreckung durch Präsenz«. Das letzte, was das blutende Mädchen sagt, ist »Ihr habt uns die Sicht versperrt«. Als er abgeführt wird, ruft der Motorradfahrer »Ich wollte morgen nach Griechenland«. Es ist kein Problem, diese Stadt zu besuchen. Schwieriger ist es, sie zu verlassen, und gefilzt wird man auch erst bei der Ausreise. Dem Motorradfahrer und dem Pärchen im 17 M kann das egal sein. Über dem Ereignis kreist ein Polizeihubschrauber. Wir erkennen den Schriftzug »Schaut auf diese Stadt«. Berlin zu verlassen, scheint vielen nicht mehr möglich zu sein. Vor allem bleiben die, die davon reden fortzugehen. Eine neue Arbeitnehmergruppe des akademischen Spektrums von der Professorin bis zum Arbeitslosen ist gekommen und geblieben. Wenn überhaupt eine Stadt, dann diese, sagen sie. Oder Florenz, fügen manche hinzu. Ihre Kinder, die neuen Berliner, schwitzen unter Papageienfrisuren vor schwitzenden Gitarristen. Kölner und Düsseldorfer erkenne ich daran, dass sie sich über vierstellige Postleitzahlen mokieren, während ein Reisebus ausgekippt wird. Jetzt schälen sie den aus seinem 17 M. Der Hubschrauber zieht ab. Es ist nicht alles komisch, was sich ernst gibt. Ermordet werden auch nur noch Fremde, in der Regel von Zugereisten. Tödliche Treffen, die aufs Konto der Berlinvibration gehen. Die norwegischen Mädchen Elin und Carmen lassen unter grausigen näheren Umständen, wie es heißt, in ihrem Reisebus zwei Plätze frei. Die Stadt fahndet nach einer Pizza mista, die am Tatort liegt. Vor der Diskothek Superfly liegt eine Tote vom Land. Paar Tage später findet man den Täter vom Land. Auch er bleibt, vorerst. Eine Redakteurin verbot mir, die letzten sieben Sätze im Berliner Radio zu sprechen, ebenso die kommenden sieben. Der Verkehr fließt wieder, die Menschen gehen auseinander. Asyldelegationen aus Sri Lanka und Pakistan gehen zu viert in einer Reihe, von weitem zu erkennen an dem weiten Hosenschlag. Sie gucken auch immer zu viert aus ihren Fenstern. Zugereiste Politiker und Journalisten einigen sich auf das Symbol, dass die Zugereisten den Dreck von den Straßen fegen sollen, in Vierergruppen. Im Rahmen von Sparmaßnahmen wird an Gruppenreisen zu Konzentrationslagern Maß genommen. Warum auch in die Ferne schweifen. Ja, wirklich, der Verkehr hier fließt wieder, was stehen wir noch rum. »But it's nice. It's cosmopolitan. Enjoy it!« Nichts ist leichter als das. Ich wüsste auch keine andere Stadt. Von Berlin aus ist es fast unmöglich, eine andere Stadt zu empfehlen. Wo schon spielen senatsgeförderte Rockgruppen von zehn bis halb sieben auf den Ubahnhöfen? Ich verstehe die Transitzugereisten, obwohl sie schon reichlich die Sicht auf die Einheimischen verdecken. Gestern sah ich zum ersten Mal einen Pakistani, der eine deutsche Freundin umschlungen hielt, und zwar so, als würde er sie nie wieder loslassen. Ich beginne meine Stadt zu sehen. Exotisch kommen mir allein die Deutschen vor, die morgens zur Arbeit wackeln wie Ferngesteuerte, so sehr haben sie mit der reibungslosen Abwicklung ihrer Strecken und der unverhohlenen Missachtung all dessen zu tun, das nicht sie und ihresgleichen ist. Du bist völlig fremd, Sally; das ist so, als wärst du von hier. Obwohl die Stadt Einwohner verliert, werden wir immer mehr. Es scheinen die Richtigen zu gehen und die Richtigen zu kommen. Jede Straße, durch die du einmal gegangen bist, jedes Gesicht, das du einmal gesehen hast, merkst du dir, Sally, du bist zweifellos von hier, und jetzt sind wir fünf, ziemlich bunt in einer Schöneberger Nacht, die nicht ruhig ist. Die Hauptsache ist, dass wir uns wiedererkennen, an allen Plätzen der Welt. Lora kommt aus Oldenburg, ich würde es gern freundlicher formulieren, und Terry ist New Yorker, denken wir. Sally, du hast sie nur einmal gesehen und wiedererkannt. Jetzt sind wir am Winterfeldtplatz. Andere geben dieser Kneipe andere Namen, aber ich kann mir nicht vorstellen, dass sie »Stoid« heißen soll. Einmal gehe ich hinein, das ist länger her, es wird mit Bierflaschen, auch abgebrochenen, herumgefuchtelt, und nun gehe ich nur noch daran vorbei. Hier vergisst der Vorübergehende nicht, wo er sich befindet. Manchmal führt die drängend vorgebrachte Frage nach einer Mark bis in einen engen Hauseingang. Um Mitternacht fliegen Bierflaschen in die Kirchenfenster gegenüber und die Schulfenster nebenan. Terry fällt auf, dass immer nur Jungen vor der Tür stehen. Wo sind die Mädchen? Lora weiß, dass es sich hier um Punks handelt. Lora ist geblieben, weil sie in Berlin Frauen kennengelernt hat. Sie hat wieder einen Versprengten von 1967 aufgelesen, dem sie Welt zeigt, woraufhin er sie ihr erklärt, wie in alten Tagen, nur der Bart wird immer fransiger und dünner. Ich glaube, Terry versteht kein Wort. Lora sagt öfter »Stimmt«. Auch solche Nächte musst du erleben, tröste ich mich und frage Terry, welche Farbe Berlin hat. »The name of that colour is darkness.« Terry ist geblieben, weil hier die Geschäfte gehen. Ja, es ist Nacht, aber warum erzählt der von 1967, er heißt Martin und kommt aus Zürich, immer nur von Punks? Punks an der Imbissstube, Punks in der Eisenbahn, im Flugzeug und auf dem Arbeitsamt. Terry sagt in mühevollem Deutsch »Die Punks von heute sind die Spießer von morgen«. Da grölen wir los und tanzen um diesen Satz herum, stoned, vor der Tür dieser Kneipe, auf die »Cotzbrocken« gesprüht ist, und die Kids finden das gut und sagen Prost und halten uns wohl für ziemlich ausgeflippt, aber so haben wir das nicht gemeint, und das nehmen sie uns übel. Loras und Martins sprechende Köpfe sind weitergegangen. Martin ist geblieben, weil er eine Bewegung braucht. Er redet immer noch von Punks. Im Grunde erzählt er von seinen gar nicht wilden Fünfzigern, in denen er gern jung und zornig gewesen wäre. Ich werde ganz traurig in der Nacht und lehne mich bei Terry an, der irgendwas von dem versteht. Hinten grölen noch die Kids, und wo sind die Mädchen? Ich sage das, und Lora gibt mir den Rest: »Stimmt!«

»Sarah: Die Rede hebt den Abstand auf, gibt den Ort verloren. Sind wir es, die sie formulieren, oder formt sie uns?«

[Edmond Jabès]

Immer noch kommen diese Briefe für Anna. Vier Wochen ist es her, dass man sie am Straßenrand fand. Die Spur ihres Motorrads war eine Gerade zu einer frei stehenden Eiche hin, an der Anna zerschellte.

Nichts schwieriger, als ein Zimmer zu vermieten. Ich wünschte, ich wäre Makler, da würden die Wohnungssuchenden sich benehmen und zur Sache kommen. Bei mir fühlen sie sich veranlasst, ihre Gesinnungen und Musikgeschmäcker zu verraten. Kindheitsgeschichten bekomme ich zu hören, einschließlich der Schilderungen angeblich psychosozialer Rahmenbedingungen. Das klingt wie TURBO 981 XTL SUPER 4. Nach diesen Gesprächen mach ich lange Spaziergänge und tu das, was alle tun: ich entscheide mich für niemand. Es ist auch eine Art, auf Sally zu warten.

Die Briefe an Anna, die sich hier stapeln, machen mich wütend, ich beginne einen Brief zu schreiben, allein aus der Absicht, jemanden zu erschrecken.

»Ich komme nicht auf die passende Anrede, Herr Zabolazo – so nennen Sie sich ja in Ihren Briefen. Ich kenne Sie nicht, Sie kennen mich nicht, so kann es bleiben. Namen fallen hier nicht. Es handelt sich um die Chiffrenummer 01711, vielleicht erinnern Sie sich. Eine Person hat unter dieser Chiffrenummer eine Anzeige aufgegeben. Sie sind der

Hartnäckigste. Vier Briefe haben Sie geschrieben, immer intimer werdende Fotos beigelegt und die Person zu einer Verabredung gedrängt. Ich bitte Sie, Ihre Anstrengungen zu beenden. Die Person, die Sie begehren, lebt nicht mehr. Ein Verkehrsunfall. Ich schicke Ihnen die Briefe, zusammen mit den Fotos, zurück und wünsche Ihnen Erfolg.«

Auf dem Weg von der Post zur Markthalle begegne ich Henri. Er sieht niedergeschlagen aus, fragt, wie es mir gehe, und ich sage leise »gut«. Warum ich nicht mehr zu sehen sei nachts. Ich versuche, ein Gesicht zu machen, das alles verrät, ohne dass ich etwas sagen muss. Sie haben sein Schlagzeug gepfändet und abgeholt. »Gehen die Geschäfte nicht?« Er werde überwacht, könne sich keine Geschäfte leisten und sei vollauf damit beschäftigt, seine Überwacher im Auge zu behalten. Geduckt zieht er weiter. Ich beschließe, gut einzukaufen und den Abend hemmungslos vor dem Fernseher zu verbringen. Zu Hause verstaue ich alles, bis auf den Rotwein, im Kühlschrank und nehme als erstes den Orangensaft und Brote mit Schinken und kaltem Braten mit vor den Fernseher. Kartoffeln und Broccoli auf die kleine Flamme; später Lammfleisch in den Grill. In den Siebenuhrnachrichten kommt der Regierende Bürgermeister dieser Stadt, ein Württemberger, zu Wort. In vierzig Sekunden sagt er neunmal »Berlin«. Er tritt nachhaltig für eine Lautverschiebung des stimmlosen e hin zum gedehnten e ein: Behrlin. Das klingt spitzmündig und vornehm, aber nicht wie Berlin. Gegen alle Regeln über die Bildung eines zusammengesetzten Substantivs spricht er nicht vom Umtauschzwang, sondern von Zwangsumtausch. Ich weiß, ich könnte jetzt umschalten und das ebenso spitzmündig vorgetragene Gegenprogramm anhören, aber ich will es nicht doppelt. Im Kopf des Berliners existieren nicht zwei, sondern anderthalb Berlin: in dem des Westlers Berlin und Ostberlin, in dem des Ostlers Berlin und Westberlin. Das Mahl! Lamm, Broccoli, junge Kartoffeln, viele kleine Gewürzdosen, Serristori-Chianti und eine brennende Kerze. Im Werbeprogramm wird geworben für drei verschiedene Sorten Schokolade, einen WC-Duftspender, drei Waschmittel, einen Fußbodenreiniger, ein Geschirrspülmittel, zwei Allzweck-Reinigungsmittel, ein Haarwaschmittel und einen Badezusatz. Und jetzt ein Film über die »Drogenszene Potsdamer Straße«. Auf dem Bildschirm sehe ich mir bekannte Menschen, langjährig Abhängige. Einer von ihnen spricht zur Kamera »Könnt ihr nicht einen anderen filmen? Da weiden sich dann die Normalbürger dran.« Das ist R. Wir hatten vor Jahren gemeinsame Nachtarbeit in einer Druckerei. R sieht nicht ausgezehrter als damals aus. Und damals musste man schon Angst um ihn haben. Ich sah ihn manches Mal mit seinen geschlossenen Augen kopfüber in der Druckmaschine verschwinden. Wie zäh sie sind. Mit ihrem Tod wird oft viel zu früh gerechnet. Vor sechs Jahren gab ich R noch ein paar Monate. Immer, wenn ich ihn wiedersehe, denke ich, dies sei seine letzte Zugabe. Held des Fernsehfilms ist ein Zivilbeamter. Bevor man etwas sieht, sieht man oft erst seinen breiten Rücken. Die Filmkamera ist so »nah dran«, dass sie die Menschen, von denen der Reporter eher verständnisvoll spricht, auf Pickelgesichter, Zahnlücken und vereiterte Arme reduziert. Nicht einmal wird, als Beispiel, gezeigt, wie diese Menschen *gehen*. Das Essen war gut. Ich gieße Chianti nach und setze

Kaffeewasser auf. Den Joghurt habe ich als Nachspeise aufgehoben, und ich tu noch ein paar Rosinen rein. Ich denke,
die Rauschgiftfahnder tun ihr Bestes, vor allem, weil sie
nicht alle Information bekommen. Die Information, die
sie bekommen, reicht für Aktionen, die sich gut in den
Zeitungen machen und nichts ändern. Wenn wir krisenlos
den immer erhältlichen »Libanon« kaufen, wissen wir, dass
wir in diesem Augenblick ein Waffengeschäft im Nahen
Osten finanzieren. Aber wir könnten es nie beweisen.
Ebensowenig wie die Drogenfahnder. Danach gibt es »Tips
gegen Einbrecher«, dann das Neunuhrjournal. Thema: Das
Berlin-Bild. Die Stadt sei in Verruf geraten. Archivbilder
der letzten Straßenkämpfe werden eingespielt (auch
auf der anderen Seite gibt es eine Lautverschiebung des
stimmlosen e; breitmäulig wird es zum a-Umlaut: Bärlin).
In den kommenden Tagen werde mit Räumungen besetz-
ter Häuser und mit anschließenden Krawallen gerechnet.
Die noch nicht eingetroffenen Fakten werden bereits kommentiert: der Ort der Handlung sei von Symbolkraft und
weise weit über sich hinaus, der Konflikt der Beteiligten
habe sich dramatisch zugespitzt, der Auftritt der Polizei
müsse von einer entschlossenen Darstellung der Politik
begleitet sein. Man könnte meinen, es handle sich um einen Theaterkritiker. Auf die Wand hinter ihm ist das
Stadtwappen projiziert: eine hübsche Mauer biegt sich
über dem Bär. Alles, was von nun an geschehe, heiße
Berliner Linie. Das Wetter klart dazu ein wenig auf. In den
Kaffee tu ich Zimt und Kakao. Ich schalte die Programme
auf und ab, alles ähnelt sich, alles ist Fernsehen, ich drücke
AUS und beginne Sallys Geschenk, Isherwoods »Goodbye
to Berlin« zu lesen. Bei dem Satz »Ich bin eine Kamera

mit offenem Verschluss« entscheide ich mich, weiterzulesen. Müde vom Essen aber dämmre ich nach einiger Zeit in Bildern, die mit dem Buch, das ich vor mir halte, nichts zu tun haben. Ich lasse es fallen und schließe die Augen; bis das Telefon klingelt. »Ich kann nicht mehr. Hier ist die Hölle los. Lauras Freund ist zurück. Ich habe meine Sachen gepackt. Kann ich kommen?« Zwei Stunden später zieht Sally in Annas Zimmer ein.

Sally ist weder die Entfernte, noch die Geliebte, sondern einfach nur aufs schönste da. Schon morgens vertragen wir uns. Wenn sie arbeitet, treffe ich Freunde, zum Beispiel mittags in der Stadtküche Friedenau, wo ich neue Einzelheiten vom Phantom verrate. Am Nachmittag koche ich, wir essen und sprechen Englisch, und ich spüre, wie ich den Gemeinplätzen entrinne, dem Krebs des Identischen. Wenn wir zusammenrücken, ist da immer noch genug Platz. Abends ziehen wir durch die Straßen, die Clubs, und amüsieren uns. Ich zeige ihr, wo sie angekommen ist, sie mir, wo ich herkomme.

Nachts spürt man in Schöneberg, dass Kämpfe bevorstehen. Papierkörbe qualmen, Marktstände sind über die Fahrbahnen gelegt, vor den Lokalen zerbrechen schneller die Gläser. Ihr liebstes deutsches Wort sei Tja, sagt sie. Ihr zweitliebstes: Jammerlappen. Aus den Fenstern schallt »Ghosttown« von den Specials. »Bullenhitze heute«, sagt sie.

Ich versuche von jener Zeit zu sprechen, als ich auf ihren Anruf wartete. Sie überfliegt dieses Thema, als spräche ich von etwas, das sie nie erreicht; ja, so dass es nicht einmal zu einem Missverständnis kommen könnte. Erst als ich sage, dass am Abend eine Party sei, hört sie zu. Manchmal wünscht Sally sich, dass jemand uns besuchen kommt. Gäste ohne Anmeldung tauchen hier so gut wie nie auf. Das kennt sie nicht. »Ihr macht eure Wohnungen nicht schön für andre. Jeder richtet seine Wohnung nur für sich selber her. Ihr habt keine gastfreundlichen Häuser, obwohl ihr nichts gegen Gäste habt. Ihr seid so viel allein in euren Wohnungen. Was macht ihr nur den ganzen Tag, neben euren großen Telefonen?«

Bis wir losgehen, liest sie Mansfields Texte über deutsche Wirtshäuser, ich lese Isherwoods immer noch berlinische Geschichte über Sally Bowles. Jetzt weiß ich, warum Sally mich manchmal Darling oder Pig nennt. Sie hat es von Sally Bowles, die sich rühmt, in jeder Nacht mit einem anderen Mann zu schlafen. Sally ist da anders. Trotzdem nenne ich sie Bitch, wenn sie Pig zu mir sagt. Sie trauert Laura nach, obwohl sie sie hasst, und verbringt die Nächte allein in ihrem Zimmer.

Ich liebe Sally nicht, und sie liebt mich nicht. Die Zeit ihrer langen Abwesenheit hätte dies nie offenbaren können. Vielleicht sind wir deswegen so albern. Sie zieht ihre Baskenmütze in die Stirn und kehrt eine Hüfte raus. Ich stütze mich auf den Stock, den ich nicht habe. Wir bringen die Nummer »Big Spender«; sie singt und stöckelt, und zum Refrain, den ich mitsinge, bin ich zur Stelle und fang sie auf. An der Haltestelle braust Beifall auf. In der Simulation fühlt man sich gleich wohl.

Der Gastgeber, ein frisch verheirateter Schulfreund, hat ein buntes Häuflein seiner Freunde zusammengetrommelt, die vor allem im Flur und in der Küche stehen. Er stellt uns seine Frau vor. Sie gibt einen dünnen Gruß von sich, und als sie merkt, dass Sally Engländerin ist, wird sie mit ihrem Englisch so laut, dass die Umstehenden verstummen und ihr zuhören. Ich setze mich mit dem Schulfreund ins Zimmer. Schnell gehen wir die letzten Jahre durch. Völlig verschwitzt kommt Sally nach einer halben Stunde zurück und gießt sich Whisky nach. »Abends setzt man sich hier an Tische, auf denen Getränke stehen, je mehr, desto besser. Es wird schnell und viel getrunken. Wahrscheinlich werden dabei sehr intelligente Dinge gesagt. Es gibt kaum Gründe, sich zusammenzurobben.« Bevor wir kulturkritisch werden, frage ich sie, was das damals mit dem Blut und den vielen Wunden zu bedeuten hatte. Sie zieht ihr Jackett aus und nimmt einen Schluck. »Darling, du stellst Fragen! Nichts! Es ist völlig ohne Aussage. Es ist eine Tat. Hinterher fällt einem manches dazu ein, aber man kann nur deuten. Was für eine *Tat* ist das denn? Deut, deut, deut … Es gibt nur eine Antwort, das war die Tat einer Frau. Ich war geladen und begrüßte sie wie dich, ich berührte ihren Hals. Sie überlegte keine Sekunde und riss uns beide auf den Boden. Wir rollten durchs ganze Lokal und versetzten uns Hiebe. Wir rissen Tische, Stühle und Barhocker um. Sie warfen uns zusammen raus. Das war Laura.« Sally trägt eine viel zu weite Hose aus schwarzem Vapeur, von Hosenträgern gehalten. Darüber eine graue Altemänner-Wollweste. Endlich hat sie smaragdgrünen Nagellack gefunden, den Sally Bowles bevorzugt. Auf den Zehenspitzen, als müsse sie leise sein, tippelt sie den Flur entlang, vorbei an Menschen mit zusammengesteckten Köpfen.

Party-Stumpfsinn, verkümmerter Potlatch. Immer peinlich, wenn er als solcher sich noch zu erkennen gibt; ich will mich bei diesem Thema nicht aufhalten. Aber wenn ich auf Menschen losgehen kann, dann auf Autofahrer, die vom Autofahren sprechen. In ihren Erzählungen, ha!, in ihren Luftblasen, ihren Ergebenheitsadressen an die Demographische Geschwindigkeitsordnung ist am Anfang immer das Auto. Sie bringen es immer wieder zu ihrer eigentümlich ignoranten weltoffenen Hermetik, die pausenlos Geschmacksurteile auswirft. Im Party-Stumpfsinn lauern Reiz, Rage und Ungerechtigkeit. Wie ihr Krieg mich schon erreicht hat. Sally kommt zurück und lässt die Entsprechungen scheppern: »Ich kann nur mit Menschen sprechen, die mir die Zeit lassen, die ich brauche, um auf jene Gedanken zu kommen, die nicht zu den hundert vertrautesten gehören, ›die man so hat‹. Erzähl mir was zu den Menschen hier, die du kennst!«

Jetzt steht er im Türrahmen. Er ist seit fünfzehn Jahren in der Stadt, hat den Job mit Krawatte und macht ihn gern. Im Jahr fliegt er dreimal um die Erde. Ist er zurück von den Reisen im hellen Anzug, bleiben am Abend zwei Knöpfe offen am Hemd, und er geht zu den Trinkhallen und Parties, von denen er kommt. Dort ist zwar nicht mehr sein Zuhause, aber er ist auch noch kein Fremder. Nicht anders erginge es ihm, wenn er mit seinen Kollegen und deren Frauen beim Geschäftsessen säße, was er nicht tut. Jetzt geht er weiter.

Das ist Helene, neuerdings Prostituierte. Vor fünfzehn Jahren hatten wir Petting, vor zehn Jahren liebten wir uns. Vor fünf Jahren redeten wir vernünftig miteinander. Neulich trafen wir uns und sie sagte, »Lache nicht, wenn ich sage, dass ich meine sexuelle Befreiung erlebe, seit ich in diesem Job bin. Du weißt, wie verkorkst ich war.« Ich fand mich vor zehn Jahren nicht weniger verkorkst als sie, aber ich widersprach ihr nicht. Wir waren immer noch so ernst wie vor fünf Jahren, als sie mir den Selbstmord ihrer Mutter schilderte. Diese Frau hatte es uns vor zehn Jahren sehr schwer gemacht.

Sally zieht mich zum Stereoturm und zeigt mir ein Liederalbum mit Singles aus den Sechzigern. Zum Gefallen der Tanzenden legen wir sie auf und bleiben vor den Tunerknöpfen hocken, die Party im Rücken, fingern an den Singles herum, weisen uns auf Textstellen und Rhythmuswechsel hin, und als die letzte Platte, »The boy next door«, gespielt ist, greifen wir unsere Jacken und suchen das Weite. Was wir finden, sind schmale Straßen, durch die der erste kalte Wind dieses Herbstes zieht. Mehr und mehr, Bettina, gleicht der Boden hier dem Zunder (Anspielung). Wir schlagen die Kragen hoch und zeigen uns unsere oberen Gesichtshälften. »Jetzt fängt die schöne Zeit an«, sagt Sally, »ich hasse den Sommer und die dünnen Kleider und das ganze luftige Gehabe. Ich mag es, mich einzumümmeln, weil es kalt ist, stürmisch und nass, und ich blink den anderen Augenpaaren zu, die ich erkenne zwischen Schals und Mützen.«

Wir haben die Wahl, mit dem Bus oder der Sbahn zu fahren. Sie haben die gleiche Strecke. Das ist hier so üblich. Von vielen Bussen ist Sally schon gestreift worden, aber noch nie hat sie in einem leeren Sbahnwagen gesessen. Der nächste Zug kommt in zwanzig Minuten. »Halb so schlimm«, sagt sie, »hier gefällts mir. Ist nicht so sauber, nicht so perfekt und nicht so neu. Ich mag es.« Mit diebischem Gang schreitet sie den Bahnsteig ab. Immer, wenn sie ein Stück weitergegangen ist, winkt sie mich zu sich hin, um mir zu zeigen: die abgebrochene Ecke der Bahnsteigkante, das verwaiste Bonbonhäuschen, Unkraut zwischen Abstellgleisen und die vielen Vögel, die hier heimisch sind. Ich kann ihrer Begeisterung nicht folgen. »Darling, was ist los mit dir?« Schwer zu sagen; lange müsste ich von mir erzählen. Aber Sally jubelt.»Und schau: drei Ausgänge gibt es hier, nur einer ist geöffnet. Die anderen sind geschlossen, nein, mehr als das, sie sind tot. Die Plakate sind so schön vergilbt! Im Bahnwärterhaus ist eine Scheibe eingeschlagen!« Und ich zeige ihr die Löcher in der Überdachung, die Rostecken der Hinweisschilder, die wackelnde Bank, vermoderte Bohlen, eine stehengebliebene Uhr, die Dreckkruste auf den gelben Kacheln, einen verwitterten Kaugummiautomaten, alles was die Sbahn zu bieten hat, was jene anziehende Wirkung auf Fotografen ausübt. Hier finden sie manches kühn erträumte Bild, hier finden sie Überbleibsel und gehen auf den Zeittrip. Kein Film kann sich bei solchen Bildern getragene Musik verkneifen, aber ich habe das schwingende »Wade in the water«, gespielt von Johnny Griffin, im Kopf und im Knie. Ich möchte wieder den Big Spender mit ihr tanzen, hier haben wir Platz, ich sage, »Spend«, ich sage, »Spend a little time«, ich sage, »Spend a little time with me«, aber Sally ist mit diesem schwach beleuchteten Bahnhof noch nicht fertig und schnüffelt in den Ecken herum. »Darling, bist du unsensibel? Empfindest du nichts?« Nein, Sally, ich empfinde nicht, was du empfindest; ich sehe es gerade noch. Bis vor zehn Jahren habe ich auf der Sbahn kurzzeitig heraufdämmernde Zustände von Vergeblichkeit ausgelebt, mit einem Fahrschein durch den ganzen Ring. Wenn ich nach Stunden irgendwo, vielleicht in Lichterfelde-West, ausstieg, war ich entschlackt. Das ist gegessen, Sally, das ist zehn Jahre her. Wenn die lebensdämmrigen Stunden kommen, gehe ich nicht mehr auf die Sbahn, ziehe ich mich nicht mehr hoch an ihrem Verrott. »Was tust du seitdem, wenn du down bist?« Neuerdings Mondscheinsonate. Im Zugabfertigerraum sitzt die Zugabfertigerin und strickt etwas in Bordeauxrot. Ein Rentnerehepaar keucht die Treppen herauf. Auf der Fahrplangrafik sind die Westbahnhöfe so eng zusammengerückt, dass der Osten der Stadt größer erscheint als der Westen. Ich bin mit dem Sbahn-Boykott groß geworden. Auch ich habe die parallel eingerichteten Buslinien benutzt. Viele alte Menschen dagegen haben sich ihre Stadtbahn nie nehmen lassen. Immer noch packen die Rentner hier ihre Stullen aus. Was ich empfinde? Dies ist die Bahn der Zurückgebliebenen, die Zeit haben und Geld verlieren. Wenn ich an der Mauer bin, sehe ich, aber wenn ich auf der Sbahn bin, empfinde ich die Trennung der Stadt. Ich mag nicht verzückt schwärmen von den verrotteten Bahnhofsruinen und den kaputten Typen, die sich um drei Flaschen Bier scharen. Hier weiß ich, dass dies zwei meilenweit voneinander entfernte Städte sind und dass nur Einzelne von beiden Seiten, die die gleiche vorlaute Sprache sprechen, das Gegenteil beweisen können. Wa? »Darling, wie schaust du drein? Wo ist der Swing?« Es benutzen so wenige diese Bahn, weil sie nicht erinnert und nicht aus ihrem Schwung gebracht werden wollen. Sie kommt, ich kaufe uns schnell noch zwei Bier, die Zugabfertigerin spricht die Zauberformel ins Mikrofon und wir rollen, das Material zerrt und knirscht, dann gleiten wir an den Rückseiten der Stadt vorüber, schauen auf die Nacht der Kleingärten und Hinterhöfe. Schnell ist es wie auf einem Ausflug und zudem weitaus komfortabler als in Bussen oder Ubahnen. Man kann essen, trinken, flezen und rauchen. Sally rülpst und sagt, »Der Grund von allem ist ein frisches kaltes Bier«

Die Schaufensterpuppen des KaDeWe lachen nicht mehr. Der ganze schöne Optimismus ist raus. Selbst ihre Kinder sehen aus wie Sorgenkinder. Blaulicht in der Fuggerstraße. Polizisten mit Maschinengewehren umringen eine große weiße Limousine. Ein Spürhund mit einem hektischen Hundeführer ist auf den Wagen angesetzt. Darin friert ein junger Mann, der nur ein T-Shirt und ein Stirnband trägt und die kräftigen Oberarme vor der Brust kreuzt. »Terry!« ruft Sally. In alle Richtungen stehen seine Haare ab. »You can do what you want but put your fucking feet off my car, you mother's best!« flucht er einem der Polizisten mit Maschinengewehr so laut zu, dass der sein Gerät in Anschlag nimmt. Alle sind still. Nur das irre Schnüffeln des Hundes zischt durch die Straße. »Yeah man, we're no more cool anymore. What's goin' on with the pigs?« fragt Sally. »Keine Unterhaltung!« brüllt einer in Zivil, jedoch mit Turnschuhen. Wir gehen weiter und drehen uns um und sehen, dass Terry uns nachschaut, und gehen weiter. »Wir werden ihn wiedersehen« sagt Sally.

Im Kühlschrank sind noch zwei Flaschen Bier. Es gibt nur eine Platte, die ich jetzt auflegen kann: das fis-moll-Klavierkonzert von Skrjabin. Wie sich das Orchester erst findet! Nicht von Anfang an ist es vereint, so wie ein Hörer nicht von Anfang an konzentriert ist. Es reicht eine Hand, bevor die Reise losgehen kann. Wir liegen auf dem Boden. Die in die Ecken geformten Engelsköpfe im Zimmerstuck beginnen zu singen, das heißt ich bin nicht mehr nüchtern. Sally dirigiert das schwierige Stück mit Händen und Füßen.

Es ist zwar Nacht, aber nicht dunkel. Die Nacht wird hier nicht schwarz, gering nur strahlt das Tageslicht. Uns fehlen die Grundfarben. Wir schimmern nur.

»Ja, Darling, man erkennt sich so schwer. Einfacher ist es, Dinge zu erkennen. Ich habe heute gesehen: alte Frauen und wenig Kinder. Menschen, die die Köpfe zu den Schaufensterauslagen geneigt hielten.«

Das Morgengrauen war ein helles Blaugrau, das sich während des Frühstücks in Mausgrau wandelte. Ich ging taubengraue Straßen entlang.

»Ich setzte einen Fuß vor den anderen. Wenn ich Interesse hatte, ließ ich es erkennen. Man sprach mit mir. Man fragte mich ›Haben Sie schon bezahlt?‹«

Ein lichter Moment, als ich in diesem Silbergrau stand, das sich dann als Schiefergrau entpuppte. Mit einem Brot in der Hand ging ich über in ein Anthrazit, umgeben von Aschgrau-Spiegelungen.

»Ich habe gekauft: einen Pullover aus 100% Baumwolle, der Rest war Plastik. Ich habe Deutsch gesprochen. Ich habe Danke und Bitte gesagt. Dreimal rief ich ›Ein Bier bitte!‹, einmal sagte ich ›Feierabend‹. Gelernt habe ich die Wörter ›Groschen‹, ›Ausländer‹ und ›dringend‹.«

Die Nachmittagsvariante war sattes Dunkelgrau, die Lichter gingen an, die Lichter gingen wieder aus, als Belohnung stand ich im Hellgrauen, bevor es Nacht, aber nicht schwarz wurde.

»Ich habe gelernt, aus dem Weg zu gehen, wenn ich ziellos bin. Bei Rot blieb ich stehen, bei Grün manchmal immer noch. Ich habe gedacht: Hier ist einfach zu leben. Ich habe gelernt, den Blick zu senken, um in Hundescheiße zu treten, wann ich es will.«

So wie das Orchester am Anfang sich findet, verliert es sich am Ende. Skrjabins Konzert wirkt wie ein- und ausgeblendet, ohne Anfangsprotz und Schlussbombast. Wir schlafen ja schon. Drei Stunden später rauschen die Wasserleitungen. Sally stolpert zur Arbeit.

Sie kommt wieder, wirft die Tasche aufs Bett, sich hinterher. Sie flucht. Ich brauche lange für den Weg von einer Joseph-Conrad-Erzählung zu ihr. »Darling«, sagt sie, »sie haben mir zu wenig ausgezahlt. Und Laura hatte wieder nicht die tausend Mark, die ich von ihr bekomme.« Ich sage kein Wort, streichle sie, bis sie sich nicht mehr anspannt für tausend Mark. Heute gingen alle Fahrstuhltüren knapp vor ihr zu, und immer stand jemand im Weg, denn sie hatte einen Weg. »Und was hast du heute getan?« Ich zeige ihr die Erzählung »Im Tag der Puppen«. Sally legt sich ins Bett und liest sie. Ich gehe ins andere Zimmer, beginne einen Brief an Charlot und zerreiße ihn.

Wie sie dasaß ... Ein knallrotes, knielanges, in Hüfthöhe zusammengebundenes Kleid fiel von ihrem Körper ab. Im dunklen Haar leuchtete eine gelbe Schleife. Wie sie dasaß: vornüber gestemmt. Breitbeinig.

Ingo stellte sich vor, an ihr vorüberzukommen, stehenzubleiben, paar Schritte zurückzugehen und ihr zwischen die Beine zu fassen. Jedoch konnte er sich nicht vorstellen, einer wildfremden Frau als erstes an die Stelle zwischen den Beinen zu fassen. Im nächsten Moment empfand er ihre Körperstellung als Provokation und wünschte sie sich aus dem Straßenbild entfernt.

Ingo zog diesen Anblick der Gegenwart seiner Kollegen vor, die Currywürste kauten und mit Cola nachspülten. Ihrer Blässe sah er an, dass sie seit Wochen einkaserniert waren. Ihn hatten sie an diesem Morgen angerufen, an seinem freien Tag. Sie brauchten gute Polizisten, und Ingo war ein guter Polizist. Aber Ingo war müde.

Durch das kleine Seitenfenster des Einsatzwagens, in dem sie saßen, schaute Ingo wieder zu der Frau mit der obszönen Haltung und dachte an Sabine, das Biest. Mit allem Ernst trieben sie seit längerem das Spiel, sich Beweise für ihre Eifersucht zu liefern. Abends gingen sie gemeinsam fort, und morgens kamen sie einzeln zurück. Auch in der vergangenen Nacht.

Die Frau hatte die Stelle zwischen ihren Beinen nicht einmal besonders bedeckt. Dass sie ausgerechnet vor dem Schaufenster eines Kaufhauses zum Einsatz kamen.

Binder, der Staffelleiter, sagte, das Kaufhaus sei zu schützen. Es müsse eine durchlässige Kette gebildet werden, die den Verkaufsbetrieb nicht aufhalte, den Demonstrationszug am Kaufhaus vorüberziehen lasse und einzelne Störer dingfest mache.

Er sollte also diese Frau im Schaufenster schützen.

Am Vorabend fuhren Ingo und Sabine wie so oft in eine Stadtdiskothek, und nachdem sie zu trinken bestellt hatten, trennten sie sich, um sich aus der Entfernung im Auge zu behalten.

Karla, ausgelassen, stieß ihn an. Ingo drehte den Barhocker so, dass er Sabine sehen konnte, die mit einem Fremden sprach. Karla gefiel ihm. Zum ersten Mal entdeckte er etwas an ihr, er wusste nur nicht was. Das ließ nach, als sie fragte, ob er am kommenden Tag auf die Demonstration gehen würde.

Alles, was er von diesem Gespräch noch wusste, war, dass er das Thema wechselte und begann, sich über Sabine zu ärgern, die immer noch mit dem Fremden sprach. Als sie zu ihm sah, umarmte er Karla. Als Karla ihn bat mitzugehen, wies er sie ab.

Die Wagentür wurde von außen geöffnet, und ein Saxofon, auf dem der Harlem Nocturne gespielt wurde, schepperte in Binders Rede. Jemand hielt einen Hut in den Wagen. Der Saxofonspieler trug eine schwarzgelbgestreifte Strumpfhose und ein giftgrünes Jackett. Hinter den beiden grinste eine Menschenmenge. Binder zog Münzen aus der Gesäßtasche und warf sie unter dem Jubel der Menge in den Hut.

Karla ging, Cecilia kam.

Ingo rieb sich mit den Handflächen das Gesicht, beugte sich vor, stützte den Oberkörper mit den Ellenbogen auf den Schenkeln ab und saß ebenso breitbeinig da wie die Frau im Schaufenster.

Er wäre nie mit Cecilia fortgegangen, wenn Sabine nicht ununterbrochen mit dem Fremden gesprochen hätte. Erst in Cecilias Bett merkte er, dass er es mit einem Mann zu tun hatte. Er flüchtete.

Er schaute durch die beiden Scheiben zwischen sich und der breitbeinigen Frau und verspürte Lust, das Schaufenster zu zertrümmern und dieses Frauenbild eigenhändig zu zerstückeln.

Heimgeflüchtet von Cecilia, war Sabine nicht zu Hause. Das war erst fünf Stunden her. Ans Schlafen war nicht zu denken. Er trank Kaffee und ärgerte sich, nicht mit Karla zusammengeblieben zu sein. Vor der Demonstration hätten sie sich zwar trennen müssen, aber dazwischen wäre eine Nacht gewesen.

Ingos Blick ging von der breitbeinigen Frau zum Seitenfenster. Natürlich sah er Karla nicht. Sie stand weiter hinten in dieser jodelnden aufgekratzten Menge, die ihren bunten Umzug vorbereitete.

Der Funkverkehr wurde lauter, die Stimmen fester und entschiedener. Die Indianergeräusche von draußen waren über Funk noch einmal zu hören. Der Zug war in Bewegung.

Gerade als Binder an diesem Morgen angerufen hatte, war Sabine gekommen, mit glatt gekämmten Haaren. In der Regel stritten sie sich dann, bevor sie miteinander schliefen, aber an diesem Morgen war dafür keine Zeit gewesen. Das fehlte ihm.

Raus, sagte Binder. Vor dem Kaufhaus eine Kette bilden. Nicht provozieren lassen.

(Sally ist offenbar über diesen zwei Schreibmaschinenseiten eingeschlafen. Ich puste die Kerze aus, decke sie zu und grinse. Am nächsten Tag, bevor sie zur Arbeit geht, sagt sie »Schreib was anderes. Schreib nicht über Polizisten, schreib über mich. Little Sally in Great Berlin!« – »Ich kenne dich nicht.« – »Sag das noch mal.« – »Ich kenne dich nicht.« Sie gibt mir einen Kuss, nimmt ihre Tasche und hüpft zur Arbeit.)

Der Anlässe mangelts nicht. Die letzten erfahren den Ort und die Zeit aus den Verkehrshinweisen im Radio. Der Zug ist in Bewegung. Schätzungen werden Schätzungen bleiben. Aus den Lautsprechern röhrt ein Disko- und Durchsagenprogramm. Der Funk heizt die Atmosphäre. Manche zeigen sich schon jetzt die Fluchtwege. Hier ein Anlass: brennender Laubberg am Straßenrand. Einer bewacht das Feuer. Ein anderer sagt »Find ich echt nicht gut«. Schon streiten sie sich prinzipiell. »Echt Scheiße, was du machst. Nützt nicht uns, sondern der Polente.« Andere kommen dazu und unterstützen entweder den Jasager oder den Neinsager. Die Angst ist nicht Angst, der Mut ist nicht Mut. Der Zug steht für Minuten still, während deren das Feuer auslodert. Zivilpolizisten werfen die Schaufenster einer Spirituosenfiliale ein. Nun stehen sie allein davor. Die Straßen werden enger, die Gaslaternen gelöscht. Noch ist nichts geschehen, doch jeder weiß: es ist soweit. Ein Mädchen nimmt sich einen Stein und steckt ihn ein. Nach einer satten Polizeistunde sind die Straßen ruhig, das heißt: jetzt wieder die Betrunkenen.

Mit noch tränenden Augen sehe ich im Fernsehen die Bilder der Tränengasschwaden (ohne die Männer vor der Spirituosenfiliale). Die Wiederholungsfalle. Ich mag es nicht mehr sehen. Der Kurzbeitrag über die Demonstration wiederholt nichts weiter als einen Kurzbeitrag über eine Demonstration, das Fernsehen macht, wie üblich, Fernsehen. Ich mag es nicht mehr sehen, und doch schau ich hin. Der Anlass wird verschwiegen, die Teilnehmerzahl ist getürkt, die Frage, wer die Gewalt begann, war längst vorher geklärt. Weder facts, noch fiction, aber immerhin ein Hang zur Satire, denn in einem Nachruf wird hervorgehoben, dass ein Verstorbener selbst in hohem Alter noch so agil war, dass er ständig das Gesprächsthema wechselte. Jetzt Polen, sagt der Nachrichtensprecher, Schnitt und Bilder aus Stettin: Wasserwerfer auf dem Rückzug vor mit Steinen und Gehwegplatten anrückenden Jugendlichen. Schüsse sind zu hören. Stettin liegt näher als jede westdeutsche Stadt. Türknallend und ganz auf ihre stürmische Art, nur noch etwas stürmischer, rasselt Sally herein. Sie sieht zerzaust aus.

»He Darling, lass die Bücher liegen und nimm mich in den Arm. Ich bin gekündigt, und zwar fristlos. Sie haben meine Tasche kontrolliert, und sie haben unser gestohlenes Abendessen entdeckt.«

»Trinken wir auf einen neuen Lebensabschnitt.«

»Es gibt keine Gerechtigkeit in der Welt. Mit dem täglich gestohlenen Abendessen wäre mein Lohn gerecht gewesen. Und Laura hatte wieder nicht die tausend Mark dabei. Alles wegen Terry.«

»Roten oder weißen Wein?«

»Hörst du mir überhaupt zu? Roten. Plötzlich hielt Terry vor der Tür und kam ins Restaurant. Ich habe ihn für heute abend eingeladen. Und ich habe mehr als sonst eingesteckt. Und dann: Öffnen Sie mal Ihre Tasche! Verflucht! Hör auf zu schmusen, Terry muss gleich kommen und ich stinke noch wie eine arbeitslose Köchin.«

»Du wirst es schwerhaben, bei Deutschen eine Arbeit zu finden. Deutsche haben das Problem, dass es vier Milliarden Ausländer gibt.«

»Sollen sie. Weißt du was, Darling? Unter uns: Some know and some don't know. We know.«

Sie verschwindet unter der Dusche, wo sie pfeift. Sie hat einen Stapel Frauenzeitschriften auf dem Tisch ausgebreitet. Ich räume sie beiseite und lese währenddessen mehrmals das Wort »Schwanzgangster«. Imposant, denke ich, und ich denke: »Mösenkommissariat«. Es klingelt, und hier steht Terry, ähnlich wie er im Wagen saß: mit einem schwarzen Turnhemd und vor der Brust verschränkten Armen, in denen die Muskeln spielen. Er tritt nicht ein, sondern bleibt stehen und schaut mich an, tief und dringend. Seine Augen sind klar, die Pupillen weit, das Umfeld ist leicht gerötet. Erst dann reicht er seine Hand und schlendert herein. Seine Haare sind kurz und schwarz und von den Ansätzen zum Wirbel hin gebürstet. Im Zimmer setzt er sich hin und schaut aufs Fernsehbild. Ich frage ihn, was die Polizisten neulich in der Fuggerstraße von ihm gewollt hatten. Er sagt, ohne den Blick vom Fernseher zu wenden: »Sie wollten Drogen. Ich hatte keine.« Er nimmt sein Stirnband ab und zaubert aus dem Verschluss zwei kleine Stücke sehr gut aussehender Sorten und zieht aus den Jeans Zigarettenpapier der hierzulande verbotenen Jointgröße. In ein schwarzes Tuch gewickelt kommt Sally aus dem Bad. »Aus dem Abendessen wird ein Kiffabend werden. Terry, wegen dir bin ich arbeitslos. Jetzt bleib ich bei dir, bis du reich bist, hihihi.« Schon ist sie um die Ecke. Wir haben immerhin noch etwas Weintrauben. Terry hat sich vom Roten eingeschenkt.

»Wie kommt man aus New York nach Berlin, Terry?«

»Zufall. Der Lauf der Dinge.«

»Die Erde dreht sich, alles ist Prozess, ich weiß.« Jetzt

schaut er mich zum ersten Mal an, um herauszukriegen, wie ich das gemeint habe.

»Um mich meinen Verfolgern zu nähern. Ich wurde beschattet. Neulich, das war nicht das erste Mal. Ich muss die ganz große Nummer sein. Ich denke, es ist gewöhnlich, hier verfolgt zu werden. So kommt man ja erstmal auf Ideen! Ich sah die Plätze, an denen ich war, schon mit den Augen meiner Verfolger: wie wäre jetzt eine konspirative Handlung möglich?«

Die wenigen Male, die ich Terry bisher gesehen habe, hat er es vermieden, von sich zu sprechen. Von solchen gibts einige. Wenn es um Orte und Zeiten geht, werden sie wortkarg. Wahrscheinlich tun sie es nichtmal freiwillig. Sie binden einem nicht als erstes die fertigen Bilder ihrer Geschichte auf die Nase. Vielmehr setzt sich langsam, und manchmal über Jahre, Stück für Stück ein Mosaik vom anderen zusammen. Vorstellungskraft! Immerhin verrät er, dass seine Mutter Deutsche ist, und gibt mir das nächste Steinchen.

»Ich finds gut, dass Spionage hier offen abläuft. Wo ich wohne, ist ein Tapetengeschäft. Täglich kaufen Diplomaten ein. In Grüppchen stehen sie grinsend um ihre Limousinen. Jeden Tag andere Nationen. Man wundert sich, wie viele Tapeten und Teppiche die brauchen.«

Während er spricht, wird in seinen Fingern der Joint fertig. Sally, immer noch im schwarzen Tuch, stellt Käse, Brot und Tomaten auf den Tisch. »In meinen Hosentaschen haben sie gar nicht mehr gesucht.« Terry reicht den Joint weiter. Die Wohnung taucht in einen Harznebel. Es dauert lange, bis der Joint abgebrannt ist. Wir sagen kein Wort mehr. Vor den stummen Fernsehbildern schweigen wir.

Dann fängt es damit an, dass Sally sagt »Die Berliner und die Türken sind die letzten Berliner«. Ich fühle, dass meine Schädeldecke sich gehoben hat. Eine Menge Wörter fliegen durch den Raum.

Nicht auszudenken, ein Berlin nur den Berlinern.

Ausländer rein! Ausländer rein!

New York nur mit New Yorkern wär eben nicht New York.

Zu viele Berliner auf einem Fleck haben sich noch nie vertragen.

Schluss mit der Vielstaaterei.

Trinken wir auf die Europäischen Kommissionen.

Auf den Politikerimport.

Und Berliner besetzen Lüchow-Dannenberg, den Elm, den Harz und Unterfranken.

Türken stoßen nach und Italiener und Jugos.

Libanesen.

Törnt.

Koreaner Südafrikaner Chilenen Algerier Ghanesen und Ghanesinnen.

Syrer Pakistani Afghanen Polen Inder und.

Alle da.

Wunderbar.

Ist mir heiß.

Brot vom georgischen Bäcker holen.

Mittags bei den Indern am Tegeler Fließ gibts Subshi.

Ein Chinesenviertel zwischen Schloss und Suarez.

Ein Muezzin auf dem Anhalter Bahnhof.

Wer hätte das gedacht.

Dambudzo Marechera liest und die Lijardy-Sisters spielen in der Jungfernheide.

Bei den Armeniern holen wir Selbstgebrannten.

Und die guten alten Tips was Privatwirtschaft betrifft.

Ich war beim burmesischen Wahrsager.

Was sagt er.

Dass die Briten den Stößensee bekommen und viele Spielzeuguboote.

Nachts bei den Mexikanern.

Weil wir ja die Philadelphia-Disco-Simulation auf dem Nikolassee boykottieren.

Alles was nötig ist ist dass die Berliner sich integrieren.

Hast du What's the use von Tuxedomoon?

Aber sie machen das schon ganz gut.

undsoweiter

Sally will noch raus, ich auch, und Terry hat ein Auto. Aber wir bleiben in Schöneberg. In diesen Tagen Schöneberg zu verlassen, das wäre, wie nach Oldenburg zu fahren. Wir halten vor einer der Kneipen, wo das meiste, solange das Bier nicht friert, vor der Tür, auf der Straße geschieht. Lautlos fahren die Seitenscheiben hinab. Gerade zerbricht ein Glas. Sie stehen in Grüppchen und sitzen auf Fenstersimsen oder auf der Bordsteinkante, und alle halten Getränke. In einen schmalen Ständer sind Dutzende von Fahrrädern geklemmt. An der Hauswand stehen Einkaufswagen für die leeren Gläser. Wir schwenken auf den Parkplatz. Unsere Scheinwerfer beleuchten ein paar Gestalten, die sich an der Holzstellage einer Werbeflächenwand zu schaffen machen. Terry legt sich eine weiße Strickjacke um die Schultern. Sally hat drei Meter Seidenimitat zu einem Umhang zusammengebunden. Ihre Haare sind noch nass. Die beiden bleiben bei Lora und Martin stehen, ich gehe hinein und hole drei Bier. Außer ein paar Bärtigen von den Wall's Angels hält sich innen niemand auf. Im Spiegel hinterm Tresen sehe ich, dass zwei Mannschaftswagen vorbeirollen. »Die zehnte Wanne in fünf Minuten« sagt einer von den Wall's Angels. Wie sinnlich »Wanne« klingt ... Ein Feind zum Anfassen ... Straßenkampfsex ... Soweit die Assoziationen. Wahrscheinlich kratzt er sich jetzt gerade am Sack. Hier drei Bier, macht neun Mark; stimmt so. In diesem Lokal denke ich manchmal daran, dass ich niemanden kenne, der keine Schulden hat, genaugenommen, und frage mich, wo das ganze Geld ist. Hier trifft man schon mal eine Ökonomin. Ich erzählte ihr das, und sie gab mir recht, »genaugenommen gibt es gar kein Geld mehr« sagte sie, und sie war nicht betrunken. In der Zwischenzeit muss ein Stadtzeitungsverkäufer hiergewesen sein; fast alle lesen oder blättern die Seiten um. Martin kritisiert die nackte Frau auf dem Titelbild. Alle schauen Lora an. Die sagt »Stimmt«. Man liest sich Kleinanzeigen vor und kreuzt Telefonnummern an. »Wer ist diesmal Polizist der Woche?« fragt einer. Mit einem erheblichen Krachen machen die Jungs an der Holzstellage auf sich aufmerksam. Die erste Werbefläche ist umgestürzt. Neben mir stehen zwei geschmückte Blondinen. Der einen sehe ich an, dass sie die Marilyn-Monroe-Simulation gründlich satt hat. Ihr Gesicht ist längst aus der Rolle gefallen. Die Jungs zerfleddern jetzt die Stellage. Manche hier schauen schon von ihren Zeitungen auf. Da steckt Übung drin, wie sie sich die abmontierten Holzbalken zuwerfen und sie auf der Fahrbahn türmen. Schon steht ein Auto davor. Ein Taxi hält, und zwei Enddreißiger in Schmuddelkord steigen aus, gehen aufs Lokal zu. Der Fahrer brüllt ihnen nach. Einer der beiden kommt zurück und knallt ein paar Münzen aufs Vorderhaubenblech. Martin zeigt auf die andere Seite des Platzes, wo ein Mannschaftswagen steht. Die Jungs kippen einen Kanister über dem Holzstoß aus. Die Autos vor der Barrikade legen den Rückwärtsgang ein. Einer fährt aufs Taxi drauf. Einhelliger Beifall. Um dafür zwei Hände freizuhaben, stellen wir schon mal das Bier kurz auf den Boden. Im Mannschaftswagen gegenüber setzen sie die Helme auf. Die Flammen gehen an drei Stellen hoch und verbinden sich schnell zu einer Linie, die den Platz flackernd beleuchtet, so dass ein paar Sekunden lang keine Meinung aufkommt, weder vom Taxifahrer, noch von seinem Unfallpartner, nicht von den Umstehenden, und von den Jungs auf der anderen Seite des Feuers sowieso nicht. Diese paar Sekunden lang staunen alle nur. Terry rennt los, um sein Auto in Sicherheit zu bringen. Wie hell es ist. Die Nacht ist durchrissen. Von den Jungs keine Spur mehr. Dann die Feuerwehr, und es flackern nur noch die Blaulichter. Lora sagt, es gehe das Gerücht um, dass am kommenden Morgen vier besetzte Häuser geräumt werden würden. Man kann es glauben oder nicht. Man wird sehen. Es gibt viele Gerüchte. Auch jenes, dass von vieren, die beieinanderstehen, einer für die andere Seite arbeitet. Sally lacht. »Aber für welche andere Seite denn, hier, vor dem Lokal?« Die Jungs sind schon lange aus dem Bild, und inzwischen hat eine Riege Polizisten das Lokal gestürmt. Wer am lautesten lacht, darf seinen Ausweis zeigen. Martin ist voll und ganz auf die einzelnen Polizisten konzentriert, die um uns herumstehen; er beobachtet jede ihrer Bewegungen und kommentiert jede zweite. Viel interessanter, als die Polizisten anzuschauen, ist es, Lora und Martin zu beobachten. Martin steht wie ein Fragezeichen, und vor der eingesunkenen Brust hält er das Bier. Er tritt von einem Bein aufs andere, aus der Hüfte heraus, und er macht halblaute Bemerkungen. Lora tippt ihn an, und er dreht sich zu dem älteren Polizisten hinter ihm. Martin sagt Ja und Nein gleichzeitig. Nein, weil er gegen die Polizei ist; Ja, weil er dem Polizisten plausibel machen will, dass er gute Gründe habe und es lohne, ihm zuzuhören. Kritisierend macht er sich beliebt. Der Polizist aber findet es völlig in Ordnung, dass Häuser leerstehen. Auch mit Loras Hinweis auf seine Familie und die hohen Preise ist er nicht zu beeindrucken. Sie japsen noch ein wenig nach einem Zipfel Verständnis, aber ihr unnachgiebiger Vater bleibt hart.

»Was wollen Sie? Sie sind eine Minderheit. Wir stehen hier für die Mehrheit. Verstehen Sie das doch mal.«

»Ja, für die Mehrheit; aber nicht fürs Ganze!«

Schön, dass du nachgekommen bist, Sally. Ich möchte es nicht mehr hören, darum bin ich weitergegangen. Und ich wollte lieber still als demonstrativ gehen, weil ich auch nichts mehr sagen wollte. Ich möchte der Wiederholungsfalle entgehen, Sally, sie ist da, um uns aufzuhalten und einzufangen. Heute nachmittag war ich bei einer Demonstration. Was gibt es darüber zu sagen? Es war wie immer. Natürlich war es nicht wie immer. In der Bergmannstraße klang das Indianergeheul viel gespenstischer als auf der breiten Martin-Luther-Straße paar Tage vorher. Und die Männer vom SEK waren auch noch nie so nah. Aber es war das gleiche Modell: eine einzelne Provokation oder eine einzelne Absicht genügen für den ersten Übergriff der Polizei, und erst die Fluchtspuren aller bringen die Scherben und die Schlacht. Und dann, Sally, gehe ich nach Hause und was sehe ich? Ich sehe das Modell eines Fernsehbeitrags über das Modell einer Demonstration. Was wirklich ist, rutscht, wie üblich, hinten weg, und in der Hauptsache wird das gesagt, was an anderer Stelle auch schon gesagt worden ist. So geht das Tag für Tag. Nicht die Ereignisse, sondern die Modelle werden wiederholt. Längst dominieren sie, was passiert. Die Emotionen sind festgelegt auf jeweils zwei Möglichkeiten. In diesen Modellen sollen wir bleiben wie in einem Hamsterrad, denn in ihnen bleibt nichts wirklich; nur die Simulation.

Ich erzähle dir, Sally, was ich eben erlebt habe. Ich zottel die Pallasstraße Richtung Potsdamer entlang, vorbei am Sportpalast (Joseph Goebbels, Bubi Scholz, Frank Zappa), wo 1981 ein Wohnhaus steht. Manche sprechen auch von einem hässlichen Wohnhaus. Gestern rufen sie hier Deutschland Deutschland, alles ist vorbei. Kamerateams von CBS, ABC und NBC bleiben mit den fünfhundert Streetfightern von Anfang an auf Schritthöhe. Hinten gehen noch Zwanzigtausend, aber das gibt nur *ein* Bild, und kein spannendes. Und eben, Sally: Ich trete auf die Potsdamer Straße. Auf dem Gehweg gegenüber steht Lora. Wir treffen uns auf der Fahrbahn. Ich sage, so ähnlich fängt ein Roman an, der nie fertig wurde. Wir schlendern Richtung Bülowstraße. Lora trägt einen violett gefärbten Parka und ein Palästinensertuch, unter dem ihre blonden Haare verschwinden. Wir treffen uns nicht hier, weil es gestern in der Nähe einen Toten gegeben hat und seither Straßenkämpfe gibt. Wir treffen uns auch nicht hier, weil ich in der Potsdamer Straße aufgewachsen bin. Nein, am Telefon, jeder mit dem Lineal vor dem Stadtplan liegend, ermitteln wir die Mitte zwischen unseren Wohnungen; diese Kreuzung! 1959 ist diese Kreuzung die Mitte zwischen unserer Wohnung und dem Kaiser-Wilhelm-Platz, dem Ende meiner Erkundungsfahrten mit dem Roller. An dieser Kreuzung sehe ich mich ein Prickel-Pit kaufen. 1959 ist Frau ein anderes Wort. Gestank und Krach, stöhnt Lora. Sie zupft und rüttelt mich am Arm. Sie fragt, auf welchem Schiff ich sei. Diese Straße ist mehr als irgendeine Straße jetzt, sage ich, hier klopft Geschichte noch einmal schüchtern an, meine. Lora kommt

aus Oldenburg und studiert hier Ethnologie, im Neben-
fach Politik. Martin kommt aus Zürich, Piet aus Utrecht,
Terry aus New York. Und du, Sally, hast Swinging London
seit sechs Monaten den Rücken gekehrt. Ihr seid geblieben
und kommt nicht aus dem Staunen, wenn einer sagt Ich
bin hier geboren, wie ich es manchmal sage. Längst bin ich
einheimisch unter Fremden, die Freunde sind. Dass viele
Streetfighter nicht Berliner seien, führen als Argument
Politiker an, die seit einem halben Jahr hier sind und von
»unserer Stadt« sprechen. 1963 ruft ein erfolgreicher amerikanischer Präsident aus, Ich bin ein Berliner sei einer der
stolzesten Sätze, die es gebe, 1963. Noch am selben Tag fliegt
er zurück und ein Jahr später stößt er auf seinen erfolgrei-
chen Attentäter. So viele Bullen hier, stöhnt Lora. Es ist
keine dreißig Stunden her, seit acht Häuser geräumt wurden, während knapp tausend leerstehen. Sieht aus wie in
Belfast, sagt Lora, die Belfast kennt und die Festigkeit eines
mit Holzverschlägen abgedeckten Schaufensters prüft. Die
vielen Graffiti sind längst fotografiert und auf Wander-
ausstellung. Seit gestern wird ein Toter beklagt. Wie geht
beklagen, 1981? Einhellig ist man auf allen Seiten betrof-
fen. Vom Hochbahnband der Bülowstraße lappen schwarze
Tücher herunter. Noch krittelt Lora mit Blicken, jedoch da
bahnt sich was an. Jetzt kann ich nicht mehr wörtlich
nacherzählen, was sie sagt, Sally. Im Grunde sagt Lora nur
eines: es ist so schlimm. Ihre Depression leitet sich allein
aus dem Politischen. Sie nennt sie Schweine, die jungen
Polizisten, deren weiche Gesichter aus den vergitterten
Wannenfenstern lugen, und sie schauen auf die Trümmer
ihres Berufsbilds. Wie ich das aushalten würde, seit mehr
als 28 Jahren in der Stadt, fragt sie mich. Ich denke an

Oldenburg und schweige. Dann sage ich, dass ich 1959 denke, es sei besser, in Berlin zu leben als nicht in Berlin zu leben, denn Berlin ist die Hauptstadt, und in der Hauptstadt müssen die Hauptsachen geschehen. Das denke ich im Spreewald, wo ich in den Fünfzigern die Sommerfrische verbringe. Die DDR heißt LPG, HO und Hennecke und wird schnell zum Witz. Im August 1961, noch lachend über die Ausdrücke Held der Arbeit und Meister des Sports, reisen wir ängstlich zurück. Flucht und Heimkehr fallen in eins. Von jetzt an ist die DDR eine Passierscheinstelle und eine Kerze im Fenster. Sonntags unternehmen wir in ganzen Familien Ausflüge zu den Panzern, die das Einander-Gegenüberstehen simulieren. 1959 verlasse ich das Haus Potsdamer Straße 70, stolpere zur Potsdamer Brücke vor und sehe als blauen Punkt am Horizont das Catchzelt. Dort steht heute das Europa-Center, dessen blauer Mercedesstern mir 1981, nach mehreren Umzügen, in die Zimmer scheint. 1959 liegt das Gebiet zwischen Potsdamer und Catchzelt gute zwei Kilometer lang in Trümmern. Die Stadt dankt dem Feuerwerker Räbiger. Zum ersten Mal höre ich mich denken: diese Stadt, aus der erst wieder eine werden muss, scheint mir, aus dem auch erst noch etwas werden muss, in jenem Moment genau die richtige für mich zu sein. Sally, du kennst Lora nicht, darum stell dir jetzt ihr Gesicht vor. Ja, Lora blickt förmlich auf. Ich erschrecke, jetzt noch, vor ihrem andächtig düsteren Gesicht. Wir ziehen durch eine dösende Fixergruppe, die an diesen Stehplätzen seit zwei Jahren auf Stoff wartet. Aus Autos mit vier Türen schauen ihnen interessierte Männer mit gelangweilten Gesichtern zu. Wir ziehen vorbei an Türken, die wie Deutsche aussehen, an Deutschen, die wie Türken aussehen, vorbei an wie

Süchtige aussehenden Polizisten und wie Polizisten aussehenden Schaulustigen. Lora torkelt, schlurft mit den Absätzen und bleibt immer wieder stehen. 1960 hole ich in diesem Eckhaus meinen Freund Micha ab. Es quietschen die Straßenbahnen, und am Bordstein wächst Gemüse. Ich trage Schmolke-Schuhe für fünfzehn Mark, bezahlt in drei Monatsraten. Wir fahren zum schrulligen Alten, der auf einem Handwagen Eisblöcke herumkarrt, die die Leute für ihre Kühltruhen kaufen. Wir fahren zum Autoverkäufer, einem freundlichen Selfmade-man, der mit amerikanischen Schlitten handelt und Geschichten erzählen kann. Die anderen Männer verschwinden geduckt, von ihren Aktentaschen getragen, noch bevor sie auffallen. Lora würde sich am liebsten heulend zu dem Drogenelend hier legen, so schwankt sie. In der Bülowstraße sind zehn Mannschaftswagen aufgereiht. Wo sie auch stehen, stecken sie, allein durch ihre Anwesenheit, das Kampfgebiet ab. Prompt versammelt sich hinter der Bülowstraße, zwischen zwei Bankgebäuden, eine Menge, die den Verkehrsfluss blockiert. Du warst auch da, Sally, ich habe dich gesehen und sofort aus den Augen verloren. Manche halten wirklich Totenwache hier, trauern am längst symbolischen Fleck. Auch Fixer rücken herüber in die Unüberschaubarkeit der um den Blumenberg Gesammelten. Nach dem begriffslosen, an ihr nagenden Süchtigenelend schaut Lora schon viel optimistischer dem politischen Elend ins Auge, hört der sich hängenlassenden öffentlichen Rede zu. Seit der Junge an dieser Stelle vom Linienbus überrollt ist, existieren zwei Versionen über den Hergang der Ereignisse; so einig sind sich die Fraktionen. Wir sind aufgerufen zu debattieren, ob es sich um einen Verkehrsunfall handelte, oder ob es Mord gewesen ist. Wir haben ein Recht auf Oldies. Die Inszenierung führt didaktisch sicher zu Meinungen, die hübsche Pärchen bilden. Die Inszenierung ist ein Evergreen; vorbei, und doch beliebt. Wir sollen den Sinn suchen, uns zum Ermittlungsausschuss über eine Machtinszenierung erheben, um ihr den Grund zu verleihen, den sie nicht hat. Ich will weiter, aber Lora stoppt und zieht uns in eine laufende Diskussion, während ringsum die Kameras klicken. Einer sagt, er hätte das 1967 alles schon einmal erlebt, nichts hätte sich geändert, 1967 macht man aus dem Opfer einen Messerstecher, 1981 einen Brandstifter, nichts hätte sich geändert, nur die Polizei habe gelernt. Paar Stunden nach dem Tod des Jungen meldet sie einen erstochenen Polizisten und dementiert erst, als die Tageszeitungen längst angedruckt sind. Fast wäre ich ohne Vater aufgewachsen. Hätte ihn im Juni 1953 einer der in die Menge gefeuerten Schüsse der Volkspolizei getroffen, die über den Potsdamer Platz fegen, stünde sein Name nun auf irgendeiner Ehrentafel und ich würde immer nach ihm fragen. So ist er geblieben, was er war, und manchmal frage ich ihn, wie es ihm geht. Lora ist sich mit dem von 1967 gleich einig, sie sprechen schon von anderem. In dem Moment, Sally rauschen zehn Mannschaftswagen heran, junge Polizisten springen vor und drängen uns ab, latschen durch den Blumenberg und legen die Blutspur des Reifens wieder frei. Wer auch zufällig vorbeikommen mag, den jagen sie mit Wasserwerfern die Straßenzüge entlang. Auf der Flucht verschlägt es Lora in eine andere Richtung, ich lande hier in der Pohlstraße, du kommst mir entgegen, Sally, mit deinen knallroten Ohrenwärmern, auch auf der Flucht, so trifft man sich. Gehen wir ein Stück. Ist das ein Gezetere überall. Frauen, original aus ihren Küchen gesprungen, stehen mit Händen über den Köpfen auf dem Gehweg und rufen die Namen ihrer Kinder aus, als seien sie schon verloren. Die Alten klemmen sich vor die Bäume, um nicht überrannt zu werden. Fast lautlos sinken die Frontscheiben eines Möbelgeschäfts ab. Hier beim Bäcker sind wir sicher vor der Gasschwade, die durch die Potsdamer zieht. Ja, Sally, die Dinger heißen Berliner. Wieder gibst du mir das Restgeld. Wir können vorgehen, das Gröbste ist vorüber. Zehn leere Mannschaftswagen fahren im Kreis um den abgeräumten Todesfleck, kommen entgegen, um die vorpreschenden Polizisten in sich aufzunehmen. Schimpf und Schande vor den Häusern. Die sind ja gegen *uns*, ruft ein vom Kriegsbild verstörter Mann und zischt den fortbrausenden Mannschaftswagen alle Wut hinterher, die seine Kehle abdrücken kann. Panik im Berufsverkehr, der auf die vertrackteste Weise stillliegt wie auch beschleunigt. Die Sonne knallt auf deine roten Ohrenwärmer, Sally, und manchmal ist es schön, nicht deutsch reden zu müssen. Angst in der Potsdamer Straße 1964, als sowjetische Flieger wochenlang die Rummse durchbrochener Schallmauern auf die Stadt niedergehen lassen. Der Donner und das Zischen der Tiefflüge wollen nicht zur Gewöhnung werden. Die Vibrationen auf der Tischplatte sind mächtig, Getränke schwanken, die Vase rutscht ein Stück weiter, Fenster knallen zu, was auf der Kippe steht, fällt. Abgeordnete in der Kongresshalle, denen die Einsätze gelten, unterbrechen die Sitzung. 1980 bricht die dekorative Fehlkonstruktion der Kongresshalle zusammen. Als Symbol errichtet, als Symbol gefallen. Ja, Sally, an Amerika glaubten wir, Vergangenheitsform. In London nichts als Romantizismus, sagst du, Hauptsache gut angezogen, lauter Goody-Goodies. Was sich hier rumtreibt, würde Londons Halbschlaf bedrohen. Englands Glory steht unten, im Kaninchenfellmantel, ramponiert vor der Tür, schrieb ein deutscher Dichter, sage ich. Du antwortest mit Not Waving But Drowning von Stevie Smith. Wir waren ein Müllhaufen, Sally, eine Staubwolke. Jetzt werden wir mit New York verglichen. Paris, die alte Frau, ist raus. Wer in dieser Stadt überhaupt arbeitet, fragst du. Gute Frage. Ich weiß es nicht. Ich glaube, wir sind alle beim Film. Mittags sieht man uns die Subventionen an. Das Prinzip dieser Stadt ist Verschwendung. Jeder gibt mehr aus, als er hat. Aus dem einfließenden Geld wird Unruhe. Hier werden die Verhältnisse kurz vor ihrem Eintritt schon einmal vorgespielt. Berlin ist eine Bühne, der Orchestergraben im Schnitt 200 km breit. Hier kommt man nicht zufällig durch, hier fährt man hin. Von außen schaut man auf diese ausgehaltene Halbstadt und ihre subventionierte Unruhe mit derselben prospektiven Teilnahme, mit der man simulierte Verkehrsunfälle auf dem Bildschirm betrachtet. Die Kneipe Bierhimmel ist älter als ich, und der deutsche Film war auch kurz hier, bevor er in Amerika endete und in Frankreich bekannt wurde. 1960 sind noch nicht einmal alle Straßen befestigt. Es fahren kaum Autos, und man lenkt sie nicht, wie heute, man kutschiert. 1960 ist die Bissingzeile ein Sandweg, die Bombenkrater sind unsere Spielgruben. Jetzt steht hier ein Apartment-Hochhaus, zu dessen Klingelwand sich zwei Schwarze mit vollen, über die Köpfe reichenden Papiertüten schleppen. Täglich diese Wege entlangtapernd, passt mir kein Berufsleben in die Vorstellung, solange es mit der geduckten Haltung der

Berufstätigen verbunden ist. Auf der anderen Seite, Sally, jetzt die Potsdamer Straße 70. Da lerne ich zu stolpern. Der geplante Verrott. Ich sage nichts Neues. 1980 kann ich im Treppenhaus noch die Sprüche lesen, die meine Schwester 1955 dort einritzt. 1981 sieht jeder, dass das Haus kaum mehr zu retten ist. Der Seitenflügel ist abgerissen. Vom Schöneberger Ufer her kurven Mannschaftswagen in die Potsdamer, Polizisten darin setzen ihre Helme auf. Über uns Hubschrauber. Unter den knallroten Ohrenwärmern jetzt deine erhitzten Ohren, Sally, und schon verwechselt man uns mit einem Liebespaar. Dass wir verschiedene Sprachen sprechen, ist unsere Chance. Übereinstimmung aus Trägheit will uns nicht gelingen. Das ist nicht mehr die Potsdamer Brücke, die Benjamin kennt, 1906, an der 1958 Peter Kraus und Conny Froboess sich schminken lassen für die nächste optimistische Szene am Rand der Ruinen. Die um zwei Meter angehobene und verbreiterte neue Brücke bildet den Knick, westwärts, wohin wir blicken: von Blumeshof über das Kriegsministerium zur Bundesanwaltschaft. Auf der anderen Seite die Mauer, längste Graffititafel der Welt. Die Potsdamer Straße führt nicht mehr zum Potsdamer Platz, der ist gelöscht. Abgebaut ist die haushohe Metallstellage mit der Aufschrift »Die freie Presse Berlins meldet« mit ihren täglich auf einem Leuchtschriftband durchziehenden Nachrichten aus dem Westen, für den Westen und den Osten. Es gibt eine Zeit, vielleicht 1974, wo ich denke, Berlin zu kennen und mich in den Wiederholungen zu langweilen. Auf dem Land handle ich Mietverträge für abgelegene Gehöfte aus, so lange, bis sie sich zerschlagen. In Wirklichkeit ist das Plateau der Nationalgalerie eine Rollschuhbahn. Eine Kunststudentengruppe tritt fort vom besprochenen Bild. Man geht, nein schreitet, verhalten, nein vertieft. 1981 hat man sich an den Kulturtropf längst gewöhnt, mit dem die Stadt seit Jahren aufgemöbelt wird. Für irgend etwas muss sie doch Metropole genug sein. Immer läuft gerade ein Festival ab oder wird eine Geschichtsshow inszeniert, die alles in den Schatten stellt. Vor lauter Kunst am Bau kann man schon nicht mehr auf eine ruhige Hauswand gucken. Piet, Martin, Terry, du, Sally, und all die anderen, mit euch wird diese Stadt noch einmal durchgeheizt. Neben eurer schönen Fremde gibt es Sinn, von hier zu sein. Dabei wird es immer schwieriger zu begreifen, dass dies nur eine Halbstadt ist. Kaum ein Schwein hier kümmert sich um die Energie auf der anderen Seite. Deutsche Freunde diskutieren, ob es sich derzeit um Geschichte oder Nicht-Geschichte handle. Eher rutschen mir paar verwackelte Spots vors Auge. Beide Begriffe scheinen mir zu groß geraten, zu bindend oder löschend zu sein. Längst handelt es sich um Figuren auf dem weiten alltäglichen Feld der Simulation. Komm, Sally, hier ist unser Bus. Er rast direkt auf die Wartenden zu, um im letzten Moment doch noch abzuschwenken, was alle wissen, und wir lachen und spucken, spucken und lachen.

Sally, ich will dir von Gina erzählen. Ich war neunzehn und brach die Ausbildung zum Beamten ab. Die Lehrjahre waren ein Gemisch aus Neugier und Weigerung. Ich wollte wissen, was in den Büros geschah, in denen die Menschen saßen, die tagsüber nicht auf den Straßen waren. Wie lebten sie miteinander, während sie ihren Auftrag erfüllten? Ich hörte ihnen gern zu und beteiligte mich an Plaudereien oder Meinungsäußerungen. Aber manchmal verachtete ich ihr Floskel-Kleinklein, und sie haben mich dann wahrscheinlich für arrogant erklärt. Bestimmt waren wir einander würdig. Die Arbeitswoche bestand aus zwei Tagen Theorie an der Verwaltungsschule und drei Tagen Praxis in einer Dienststelle. Jedes Vierteljahr wechselte man die Dienststelle. Es ließ sich ertragen. In diesem Fall sagte man: So ist das eben. Man sagte: So, wie es ist, ist es normal. Was aber war das Normale? Meine erste Dienststelle war das Standesamt. Am ersten Tag erklärte mir Schütz, der stellvertretende Standesamtsleiter, Aufbau und Aufgabe des Amts. Hauptsächlich Kriegsvermisstenregister und Ehen Deutscher mit Ausländern. War Schütz, der mir das alles erzählte, normal? Wenn ich ihn ansah, sah ich, dass er schweinische Phantasien hatte. Schweinisch nenne ich diese Phantasien, Sally, weil er sich dafür schämte. Vom vielen Händewaschen waren seine Finger fast durchsichtig. Auf seinem Schreibtisch herrschte die Genauigkeit des Millimeters. Redend ging er im Büro auf und ab und rückte die Palmen zurecht. Er war ein Mann, dem es peinlich war zu schwitzen. Er sah meine Sommerlatschen und sprach von einer dem Standesamt angemessenen Kleidung. Sally, ich ekelte mich vor seiner Sauberkeit. Zum Glück sah ich ihn nicht oft. Ich saß in den Büros mehrerer Standesbeamter. Ihnen fehlten die Ermessensspielräume. Sie hatten in ihrer Arbeit nichts mehr zu entscheiden, es war schon alles entschieden. Sie hatten lediglich zu entscheiden, welche Vordrucke auszufüllen waren. Wenn sie sich mit einem Fall länger zu befassen hatten, dann handelte es sich um einen Einzelfall. Waren sie, diese Beamten, das Normale? Sie hatten keine Chance. An ihrer Arbeit konnten sie nicht wachsen. Von Anfang an spürte ich, dass ich hier am falschen Platz war. Ich wollte doch nicht so einer werden wie sie gewesen waren. Alle, die dort länger arbeiteten, waren auf ihre Art kauzig geworden. Offenbar mussten sie anstelle dieser öden Arbeit noch irgendeinen Spleen haben, der ihnen Freiheit gab. Schütz brauchte sein keimfreies Büro, wegen der Pornos im Kopf, die ihm peinlich waren. Baumgarten war von einer unerbittlichen Toleranz, die jeden Konflikt relativierte, bis es keinen mehr zu geben schien. Und Joels Büro war die Kammer eines Tyrannen, der morgens herumbrüllte und abends so zugänglich war wie keiner sonst. Ihre Spleens und Kauzigkeiten waren Notwehrprogramme. An diese Männer war nicht heranzukommen, sie waren mit ihren Eigenarten immer schon vorher da. Ich konnte sie nur noch als Kuriositäten betrachten. War das das Normale? Du fragst, was das mit Gina zu tun hat. Warte ab, Sally. Setzen wir uns. Zigarette? Ja, da vorn, das ist eine Prostituierte. Entspannend waren die zwei wöchentlichen Tage in der Verwaltungsschule. Ich saß zwischen Fred und Marita. Man erkennt sich schnell, wenn man eine Minderheit ist. In der Schule lernten wir die Gemeinsame Geschäftsordnung der Berliner Verwaltung,

Haushaltsrecht, Sozialrecht, Strafrecht, Bürgerliches Recht und Statistik. Es gab auch andere Lehrlinge. Einige besonders Eifrige hatten nach einem halben Jahr schon Ämter bei den Jugendorganisationen der Gewerkschaften oder Parteien. Sie saßen in der ersten Reihe, und sie kamen nicht mit krumpligen Schultaschen, sondern mit blankpolierten Aktenkoffern zum Unterricht; wie ihre Lehrer. Fred, Marita und ich, wir waren nur drei. Und die Streber, das waren fünf. In der Klasse aber waren wir fünfundzwanzig. Siebzehn also bildeten das sprachlose Mittelfeld. In jeder Abstimmung hätte uns diese schweigende Mehrheit überstimmt. Auf sie konnte man sich verlassen. Weißt du, was ich dachte, Sally? Ich dachte: Das ist das Normale. Die Lehrer waren höhere Beamte, die den Unterricht gaben, weil sie Punkte für ihre Beförderung sammeln wollten. Sie waren schlechte Darsteller eines Zukunftsbilds, das mir mit der Zeit zur Horrorvision wurde. In den Pausen rauchte ich mit Fred und Marita Zigaretten, und wir machten Pläne. Von Anfang an redeten wir nur darüber, wie wir wieder abspringen konnten, gaben uns Tips und loteten die Chancen aus. Der Verlust der finanziellen Sicherheit sprach immer gegen einen Ausstieg, aber das war auch das einzige Argument. Die Sicherheit war das Mittel, mit dem die Beamten, Angestellten und Arbeiter gekauft waren. Wenn sie die Schnauze voll hatten, dachten sie an ihre Sicherheit und dämmerten weiter. Ein kaputtes Volk, sagte Marita. Ich denke, sie konnten sich nicht über den Preis einigen, Sally, darum fährt der Wagen weiter und setzt sich die junge Prostituierte wieder auf den Verteilerkasten. Bitte hör mir noch zu, ich komme gleich auf Gina zu sprechen. Ich musste weiter und wurde in das Büro beordert, in dem die Ausbildung der Lehrlinge verwaltet wurde. Hier standen die Personalakten, auch von Fred und Marita, in den Regalen. Hier wurden Lehrer eingestellt und Lehrlinge zum persönlichen Gespräch beim Ausbildungsleiter vorgeladen. Hier verabschiedete sich Willi, der als Homosexueller an keiner Arbeitsstelle in Ruhe gelassen wurde. Auch an Fred musste ich eine Einladung zum Gespräch beim Ausbildungsleiter schicken. Nach einer halben Stunde schlich er davon, unentschieden zwischen Wut über die Erniedrigung einer Verwarnung und Dankbarkeit dafür, nicht ausgestoßen worden zu sein. Je mehr Zeit verging, desto weniger konnte er sich vorstellen, draußen im Land eine andere Arbeit anzunehmen. Der Ausbildungsleiter, Mach, war gleichzeitig Fraktionsvorsitzender einer Partei, und ab und zu traf in seinem Büro eine politische Runde einiger Dickbäuche in dunkelblauen Anzügen zusammen. Ich musste sie manchmal unterbrechen, wenn es etwas Dienstliches gab. Sie waren immer gut aufgelegt, diese Herren, ja, geradezu launig. Es ging ihnen gut, und ich spürte, Sally, dass es ihnen auf eine verbrecherische Weise gut ging. Nach fünf Uhr war ich oft mit Mach allein auf einer Etage. Fred rief aus der Nähe an und sagte, ich solle runterkommen, er hätte was zu rauchen dabei. Als ich losging, kam gleichzeitig Mach aus dem Nebenzimmer, stellte sich vor mich in den Gang, wünschte mir einen schönen Feierabend und fügte hinzu: Obwohl ich nicht unterstütze, was Sie nach Dienstschluss tun. Jeden zweiten oder dritten Tag gab es ein kleines kaltes Buffet und Getränke für ein paar Stunden. Warum, fragst du. Gründe zum Feiern gab es genug. Einstellungen, Verabschiedungen, Geburtstage und Beförderungen. Außerdem, je nach Laune, Verlobung, Hochzeit, Vaterschaft, Mutterschaft, Jahrestag in der Behörde oder Berufsjubiläum. Da kommt einiges zusammen. Sekretärinnen bereiten alles vor und telefonieren durch, wenn sie so weit sind. Die Männer trinken Bier, die Frauen vielleicht Sekt. Ab sofort ist alles Humor. Man stößt auf den Anlass an und ist prompt vergnügt. Die Chefs betreiben Kontaktpflege, und die Untergebenen können hier schon mal sticheln und den Witz erzählen, der gegen den Chef gerichtet ist. Das ist so abgemacht, Sally, und das bleibt so abgemacht. Ernsthaft sein, ja, aber nicht zu ernst. Fröhlich sein, unbedingt, aber nicht zu fröhlich. Kritisch, bitteschön, aber bitte nicht zu kritisch. Von jedem etwas, und nichts richtig. War das das Normale? Die vielen Feiern brachten immerhin etwas Licht in die Tage und unterbrachen den düsteren, wirklich schlechten Zustand, mit den Traumresten der vergangenen Nacht und einer Tasse Kaffee in einem Büro, in dem man tagsüber das Licht brennen lassen musste, auf eine Arbeit zu schauen, die einen schon deswegen nicht interessieren konnte, weil es jeden Tag die gleiche war. Ohne die vielen Bürofeiern und ohne die schnellen Umtrunke im Stehen wäre in den Berliner Behörden das Chaos ausgebrochen. Sie hätten genau den Horror bekommen, in dem sie lebten. Das Normale war, seine Macke untergebracht zu haben. Und je länger die Feiern waren, desto nachhaltiger fühlte ich mich wie unter Geisteskranken, die sich ihrer Harmlosigkeit versicherten, und die auch wirklich völlig harmlos waren. Später würden sie sagen: Davon habe ich nichts gewusst. Rauchen wir noch eine, Sally, denn jetzt will ich von Gina erzählen. Im Frühjahr 1972 schickte man mich zum Jugendamt Charlottenburg, zum Vormund Tröne, in dessen Vorzimmer ich mit der Inspektorin Zipp und dem Angestellten Kowalski die kommenden drei Monate verbringen sollte. Von der Fensterecke aus hatte ich die Wahl, in Zipps Mondgesicht, auf Kowalskis Fettnacken oder aus dem Fenster, auf die Spree zu schauen. Tröne war über fünfzig. Er besaß so viele graue Anzüge, dass er täglich einen tragen konnte. Er fischte die dicksten Akten aus dem Regal und gab sie mir. Ich las, jetzt kommts, Sally, ich las von Gina Malfatti. Gina lebte bei ihrer geschiedenen Mutter, und Tröne verwaltete eine Amtspflegschaft. Als sie dreizehn war, holte er sie morgens von der Polizei ab. Sie war mit angestochenen Armen und ohne Ausweis in eine Razzia geraten. Tröne fand einen Therapieplatz. Gina flüchtete nach zwei Tagen. Zipp flanierte zum Innenspiegel des Wandschranks und kniff die Lippen aufeinander. Sie war mit zweiunddreißig Jahren, wie es heißt, Amtmann gewesen und hatte sich zum Inspektor zurückstufen lassen, weil ihr die erreichte Ebene, weit und breit als einzige Frau, an die Nerven ging, und ihr Mann, gleichaltrig und Amtsrat, verdiente genug. Wenn sie Kowalski ansah, blickte sie auf ihn hinab. Er hatte sich bis zu diesem Platz hochgesessen. Während einer der Feiern vertraute sie mir an, dass Kowalski jedes Gespür für Großzügigkeit und Nongschalongs abginge; Kowalski blies in die offene Runde, Zipp wäre eine umherpikierende Schauspielerin, und er zitierte etwas von Tucholsky, das beim einmaligen Hören auch passte. Inzwischen hatte Tröne Gina mehrmals bei der Polizei abgeholt, immer war sie wieder ausgerissen, und ich legte den ersten Band ihrer Akte zur Seite. Zipp griff Handtücher und Seifenstücke aus dem Wandschrank, scharwenzelte zur Toilette und starrte an der Tür noch einmal über den Rücken auf den Arsch, um eine Fluse ausfindig zu machen. Kowalski erzählte, er hätte seinen Sohn verprügelt, sei im Recht gewesen und werde auch im Recht bleiben. Die Tageszeitung wurde erst nach Anfragen weitergegeben. Weil sie kaum etwas hatten, das ihnen wirklich gehörte, sollte ihnen eindeutig gehören, was sie besaßen, auch wenn es nichts mit ihnen zu tun hatte, schrieb ich damals in mein Tagebuch. Ja, Sally, ich führte Tagebuch. Ich gebe es zu, ich las Kafka. Im Tagebuch antworte ich ihm: Die Stunden außerhalb des Büros fressen sie auch nicht mehr. Eines morgens polterte Tröne herein und sagte, sie hätten Gina gefunden. Ich hatte nicht gewusst, dass sie gesucht wurde, ich war noch nicht am Ende der Akte angekommen. Na endlich, hauchte Zipp. Gina war einer Zivilstreife aufgefallen und zum Präsidium gebracht worden. Tröne winkte mich heran und sagte, ich solle mitkommen. Er schob sich nach mir durch die Tür, ließ mir immer den Vortritt und schloss erst die Beifahrertür seines Familienwagens auf. Ich fragte nach Gina. Tröne erzählte von seinen Söhnen, um nach mir fragen zu können, aber ich verriet nichts. Jetzt ist sie völlig im Untergrund versunken, sagte er, widerlich, Gina und der Untergrund. Früher habe er viel durchgehen lassen und die Mutter und Gina um Einsicht gebeten, aber jetzt müsse das Ding zum Entzug geschickt werden, er könne ihr Leben draußen nicht mehr verantworten. Er fuhr nervös, ohne Atem, und erzählte von Fällen, wo er entweder etwas habe durchgehen lassen oder wo er habe durchgreifen müssen, und zwar entschieden. Ich hörte nicht heraus, dass er sich dazwischen noch etwas vorstellen konnte. Stell dir vor, Sally: ich kannte sie! Das ausgelaugte Persönchen auf dem letzten Platz der Stuhlreihe, das vor sich hin starrte, in ein schmales hellblaues

Kleid gezwängt, mit einer Körper/Kopf-Proportion, die an Embryos erinnerte, war SIE. Vor Jahren hatten wir gemeinsam im Keller des Jugendheims Halemweg gesessen, wo nach der Schule Joints geraucht wurden. Von dort aus brachen wir zu LSD-Expeditionen in den Grunewald auf, und wir kamen immer zurück. Sie war dabeigewesen. Um mir diese blasse Erinnerung weiter auszumalen, musste ich von ihr fortschauen. Und doch konnte ich nur erinnern, wenn ich immer wieder mal einen Blick auf ihre winzige Gegenwart warf. Die Haut unter den Augen war dunkel und eingefallen. Sie erkannte mich nicht. Aber sie gab mir weniger abweisende Blicke als Tröne und den beiden Polizisten, die sich Zigaretten anboten und die Formalität verhandelten. Sie fragte mich nach einer Zigarette. Ich gab ihr eine, und das Gespräch der Männer verstummte. Tröne fragte Warum machen Sie das?, aber er meinte gar nicht diese Zigarette, sie war nur der Anlass für eine erste Hoheitsgeste. Bei jedem Zigarettenzug rutschte Gina auf ihrem Stuhl herum, und ihr Kleid raschelte. Tröne fasste in alle Jackentaschen und verabschiedete sich. Im kühlen Gang, mit einer grauen Strähne auf der Stirn, war er voller unausgesprochener Vorwürfe und erinnerte mich an die Verwirrung von Vätern, wenn sie bemerken, dass ihre Vorstellung vom eigenen Kind das Kind nicht mehr trifft. Nein, nicht Gina hatte ihn so mürrisch werden lassen, Sally, sondern der Aufwand, der durch sie nötig geworden war. Jetzt ist Schluss, fauchte er leise, um kein Aufsehen zu erregen. Das Schweigen danach schien noch zu seinem Vorwurf zu gehören. Als wir auf die Straße kamen, sollte ich sie festhalten. Ihre Arme waren so dünn, dass ich nicht richtig zugriff. Tröne war gerade in seinen Familienwagen getaucht, um uns die Tür von innen zu öffnen, da riss sie sich weg. Es war kein großer Unterschied, Ginas Ärmchen zu umfassen oder nichts in der Hand zu haben. Ich lief nicht mit letztem Einsatz, aber Gina war so langsam, dass ich aufholte. Gern hätte ich sie laufen lassen, Sally, ja, wenn ich's sage!, und auf gleicher Höhe zu ihr hatte ich das Gefühl, dass Trönes Arm es war, mit dem ich sie griff, festhielt und zurückführte. Ich sagte etwas, ich weiß nicht mehr was, und Gina, an Demütigungen gewöhnt, hatte sofort Verständnis für mich. Sie weinte. Tröne schien schweigen und Gas geben zu müssen, um nicht zu platzen. Wenn ich mich umdrehte, gab sie mir flehende Blicke. Die Umgebung war knapper geworden, die Häuser standen nicht mehr kilometerlang als Fassaden am Straßenrand, sondern waren hinter Hecken und Bäumen verborgen. Hier schien jeder mehr Beachtung zu finden als in der Innenstadt. Den Flattermann habe sie, weil sie auf dem Entzug sei, sagte Gina. Seit drei Tagen hätte sie nichts geschossen gehabt und sie hätte es gemeinsam mit Roland versucht, am vierten Tag könne Tröne ihr nicht mit der Klinik dazwischenfunken, das müsse er einsehen. Wo ist sie hin, Sally, die Prostituierte, ist sie eingestiegen? Es muss sehr schnell gegangen sein, wenn du es auch nicht gesehen hast. Mal sehen, ob sie wiederkommt. Gut, ich erzähle weiter. Am Ende der Straße war ein Tor, Schlagbaum davor, im Gebiet dahinter neue helle Flachbauten: die Irrenanstalt. Tröne nahm den Gang heraus und ließ den Wagen ausrollen. So weit ich sehen konnte, ging ein Zaun durchs Land. Tröne drehte den Wagen mit einer Lenkbewegung um und sagte die Bedingungen. Gina stimmte allem zu. Hastig schob sie in jede Pause, die Tröne ließ, ein Ja. Gina schwor, täglich anzurufen. Sie hetzte durch alle Formeln der Dankbarkeit, und Tröne war glänzend ausgestellt in der Pose dessen, in dem der Mensch gesiegt hatte. Ich tauschte mit Gina die Adressen. Wir fuhren weiter, und sie blieb stehen; das hellblaue Kleid wehte zur Seite, aber die dünnen Beine hielten dem Wind stand. Was wollen Sie denn von der, fragte Tröne. Ich erzählte vom Jugendheim Halemweg und ließ die Drogen aus. Wie sieht sie denn aus, fragte Zipp als erstes. Hübsch, wenn Sie so wollen, nur ein bisschen müde, sagte Tröne. Hätten Sie die Göre mitgebracht, sagte Kowalski, ich hätte ihr erklärt, wieviel Arbeit sie uns macht. Du hast recht, Sally, es ist schrecklich, aber was sagt das? Entschuldige bitte. Gina rief mich an. Ich erschrak über ihre lebensfrohe Stimme. Tage später saßen wir in einem Gartenlokal und tranken Selters. Um uns herum saßen jene, die den Arbeitstag mit einem Essen abschlossen, aber auch schon solche, die ihren frühen Abend mit einem Bier begannen. Ginas Augen lagen mager, schimmernd rosa, in den Höhlen. Ich war neunzehn und wollte nur das Beste, also sagte ich den altklügsten Satz, der sich denken ließ, gleich als ersten: Gina, du musst aufhören! Sie antwortete mit der einfältigsten Lüge: Ich bin dabei, aufzuhören. Keiner von uns glaubte etwas davon auch nur eine Sekunde lang. Nur Tröne erhielt seinen täglichen Anruf. Sie drückte seit vier Jahren Heroin oder Berliner Tinke, wog knapp vierzig Kilo und war achtzehn Jahe alt, so dass nicht unbedingt davon auszugehen war, dass sie neunzehn werden würde, wie ich es gerade geworden war. Sie sagte von früheren Entzugsversuchen, dass sie nicht beurteilen könne, ob sie aufgehört hatte, um zu entziehen, oder ob sie entzogen hatte, um wieder anfangen zu können. Sie begann zu schwitzen, fingerte an Zigaretten und Gläsern, fuhr sich durch die Haare und übers Gesicht. Lange redete sie nur vom Aufhören. Ich musste mich zwingen, sie nicht zu unterbrechen. Ich mochte Gina. Ihre Not beteiligte mich. Dass ich das wusste, deprimierte mich. Es gab nur noch das Prinzip, ihr helfen zu müssen. Sie ging zur Toilette und kam nach zehn Minuten aufgeräumt zurück; erzählte gleich wieder vom Aufhören. So wollte sie mich für sich begeistern. Es ist ihr gelungen. Ich bot ihr meine Hilfe an. Sie sagte Ja, und ich sagte, ich würde zu ihr ziehen. Roland, von dem sie Tröne erzählt hatte, war in Wirklichkeit vor drei Wochen gestorben. Schon wieder Sirenen, Sally, hörst du die Sirenen? Wie, ich soll nicht unterbrechen? Gut, auf eine Zigarette noch. Der Telefonnummerntausch mit Gina wurde zum Skandal der Etage. Tröne war herumgegangen und hatte es allen erzählt; auch, dass er von mir enttäuscht wäre. Ich rechnete nach, in welchem Jahrhundert wir lebten. Nun lagen Ginas Akten unter Verschluss in seinem Zimmer. Ich hatte sie eh vergessen. Sie hatten mit Gina so viel zu tun wie Tröne mit einer Einstichstelle. Der Amtsleiter nahm sich eine knappe Stunde Zeit, um mir zu sagen, dass es meine Sache war, mit wem ich mich nach Dienstschluss traf. Das Früchtchen oder das Flittchen, so nannten sie Gina jetzt nur noch. Auch Tröne. Täglich nach ihrem Anruf kam er aus dem Zimmer und sagte irgendeine Gemeinheit, die Zipp und Kowalski in Fahrt brachte. Dann schauten sie mich an. Ich ignorierte ihren Humor der Anständigen. Ja, Sally, das war das Normale! Ich hatte nichts mit ihnen zu tun. Ich wollte immerhin das Beste, aber was wollten sie? Kowalski sagte es: meine Ruhe. Schau, da ist sie wieder. Steigt gerade aus dem Mercedes aus, steckt sich eine Zigarette an und setzt sich wieder auf den Verteilerkasten. Man kann sich einbilden zu sehen, dass sie sich ekelt, nicht wahr? Ich ließ mich krankschreiben, packte eine Tasche und zog zu Gina. Sie wohnte im Parterre eines Neuköllner Hinterhauses, in einem umgebauten Geräteschuppen. Sie hatte aufgeräumt und mir eine Matratzenecke zurechtgemacht. An den Wänden hingen Fotos von Roland. Er war zwanzig geworden. Als ich kam, saß Gina auf dem Bett, sah ausgeschlafen aus und duftete nach Apfelsinen. Sie erzählte obskure Anekdoten von der Scene, was damals allein den öffentlichen Dealplatz bezeichnete. In Zweck und Moral unterschieden sich diese Begebenheiten nicht von den braven Heldengeschichten, die man sich in den Büros erzählte. Bevor wir schlafen gingen, brach ich das Toilettenschloss aus der Fassung. Am nächsten Morgen sah sie mir stumm beim Frühstück zu und buchstabierte die Zeitung. Sie schilderte ihre Schmerzen wie Argumente. Nach Geschäftsschluss gingen wir auf die Straßen. In den zufriedensten Momenten spotteten wir über Schaufensterauslagen. Im Stadtpark fiel sie in sich zusammen, zog mich hinunter. Ich schleifte sie zur nächsten Bank und stritt mich mit zwei Rentnern, die unbedingt die Feuerwehr anrufen wollten. Erst als ich sagte, wir hätten nur einen über den Durst getrunken, gaben sie Ruhe. Ich konnte ein Sechserpack auftreiben, und Gina trank in kurzer Zeit vier Flaschen. Was ich überhaupt mit ihr vorhätte. Ob ich spinnen würde. Ob ich mir vorstellen könnte, was mit ihr los sei. Ich wartete ihren Anfall ab und empfand mein Schweigen als brutal. Zwang! dachte ich, nichts als Zwang! Wie unter Zwang. Gina sah schrecklich aus. Das war mein Werk gewesen. Ich bekam es mit der Angst zu tun und zog sie nach Hause. In der Nacht schliefen wir nicht. Nur einmal, als ihr Stöhnen nachgelassen hatte, war ich eingeschlafen. Ich öffnete wieder die Augen, und sie lag nicht mehr auf ihrem Bett. Als gelte es, besonders schlau zu sein, blieb ich als erstes ruhig. Die Entlüftungsanlage im Hof schaltete sich aus, und es wurde noch stiller. Sie war in der Küche. Sie hatte den ganzen Tag lang nichts gegessen. Ich hatte sie am Abend mit einem Kräutertee (viel Melisse) beruhigen können. Über einem tunesischen Kriminal-roman war ich dann eingenickt. Lach nicht, Sally. Jetzt hatte Gina Hunger, das war einleuchtend. Doch das machte andere Geräusche. Ich schlich zur Küchentür und hörte sie sniefen. Ich riss die Tür auf und klatschte die flache Hand gegen ihr Gesicht. Das Pulver flog auf, sie sank zu Boden. Ich hielt ihren Kopf und gab ihr Bier. Ich dachte, sie würde sterben. Ich ging auf die Toilette, und als ich wiederkam, war sie durchs Fenster fort. Gina rief auch nicht mehr bei Tröne an. Nach einer Woche ließ er sie wieder suchen, er-zählte später ein Lehrling. Ein einziges Mal noch kam ich in die Büros zurück. Ich unterschrieb die Kündigung. Zweimal habe ich Gina wiedergesehen, einmal habe ich mich bei ihr bedankt, ein anderes Mal habe ich ihr hun-dert Mark geliehen. Ja, Sally, das war die Geschichte mit Gina. Warum ich sie dir erzähle? Weil sie von Gina han-delt. Du kennst Gina nicht, ja, das ist wahr. Aber du siehst sie. Jetzt geht sie zu dem Rover, der da vorn hält. Spricht mit dem Fahrer. Siehst du, jetzt steigt sie ein. Jetzt fahren sie ins Ruinenviertel, dort hinten hin, wo die Botschafts-gebäude aus den Unkrautfeldern ragen. Ja, und dann klappt der Sitz nach hinten. Das ist Gina gewesen. Lass uns weiter-gehen, Sally. Das Beste wollen, das kann nicht alles sein.

Jetzt wieder Sirenen. Nein, sie waren gar nicht fort gewesen. Sie hatten weitergeheult im Kopf, immer auf und ab in einer eindringlich geringen Lautstärke; so, wie man an solchen Tagen vor dem Einschlafen die Sirenen nicht los wird. Sie heulen einfach weiter, im Kopfkissen. Es gibt kein Mittel gegen sie und ihren kreisenden Rumor. Ich verstehe, dass du nicht verstehst, dass ich nicht auf Gina warten will. Sie steht hier, um Geld zu verdienen, und ich hätte ihr nichts zu bieten als Reminiszenzen, an die sie sich kaum erinnern kann. Sie interessiert sich nicht für mich. Und ich interessiere mich für sie auch nur noch als Teil von mir. Sie ist einer meiner gelebten Irrtümer. Vielleicht verbindet uns das. Dieses Haus nennen wir Tuntenhügel Kleiststraße. Ja, Sally, deine knallroten Ohrenwärmer sehen scheußlich aus. Steck sie ein. Zeig dein ganzes rundes Babyface (jetzt lässt du's dir gefallen), nach dem ich wochenlang suchte. Dass wir hier gehen, das ist eine Pracht für die Einemstraße. Das hat sie nie erlebt. Wer uns jetzt anschaut, bekommt etwas ab. Wir haben eine Menge Kraft übrig. Schon vorbei, denn es kracht. Überfahren, denkt man zuerst, aber der Fußgänger rollt sich nur über die Vorderhaube des bremsenden Wagens und läuft gleich weiter, als wäre das seine Art gewesen, über die Straße zu gehen. Nun fährt das Auto neben ihm her. Der Fahrer will nicht in den Verdacht der Fahrerflucht geraten. Er sieht ziemlich lächerlich aus neben dem Fußgängerprofi, der nicht mit sich reden lässt. Wenn keine Autos kommen, werden die Straßen gleich gespenstisch. Wir vor einem Angriff. Nur Wind, der über den leeren Nollendorfplatz zieht, klirrende Fahnenstangen, Schritte: einige hundert kommen angerannt, laufen locker aus, drehen um, suchen, blicken Richtung Potsdamer zurück, zu jenem Platz, den sie Mordfleck oder Unfallstelle nennen. Terry kommt angerannt, fragt, ob wir Tele und Bettina gesehen haben, haben wir nicht, und rennt weiter. Dass man sich immer nach dem Weglaufen wiedertrifft! Wo bist du gewesen, Lora? Als wir uns auf der Flucht trennten, läuft sie plötzlich neben einer Schulfreundin aus Oldenburg und beide müssen lachen, als sie sich in Berlin vor der Polizei wegspurten sehen, zumal sie sich nur aus Oldenburg kennen. Zu komisch. Jetzt kommt auch Martin dazu. Den ganzen Tag seien sie schon am »Ort der Geschichte«, wie Martin sagt, genaugenommen seit gestern Mittag, als der Tote über die Nachricht zum Zeichen geworden war, sagt er wörtlich. Ich deute mit den Händen einen Applaus an. Sally kann schon nicht mehr ruhig stehen, und ich sage, wir wollen weitergehen. Das gehe nicht an, hier werde jeder gebraucht, behauptet Lora. Ich verstehe, dass dieser Ort magnetisch wirkt, dass man immerzu am Ort der Geschichte bleiben möchte, wenn man sowieso nicht weit weg wohnt. Es ist Zeit, weiterzugehen, sage ich. Zusammen gehen wir beide weiter. Hippies, sagst du, und machst den laschen Mund. Du sagst, du bist kein Hippie, außer tief im Herzen. Du gefällst mir, Sally, das ist nicht zuviel gesagt. Ich möchte kein Foto von dir machen, das kann ich versprechen. Wo sind nur all die kleinen Pflastersteine? Ab und an verraten mir meine avantgardistischen Freunde, dass es Zeugnis ausgelaugten abendländischen Denkens sei, die Kategorie des Zentrums zu bemühen, es gebe nur noch Schaltkreise und Fangnetze. Auf dem Winterfeldtplatz jedenfalls begegnen sich jung und bourgeois sowie alt und faded out und umgekehrt. Man kann sich hier, September 1981, von besetztem Haus zu besetztem Haus zuwinken. Wenn Markt ist, kommen Akademiker mit Arbeit für Sonnenblumenbrot und türkisches Gemüse und lassen auch was in die Spendenbüchse fallen. Abends gibt es Bier an der Bordsteinkante und kreisende Blaulichter. Eine Spannung wie im Kino, aber rund um die Uhr. Und das ohne Berlinwerbung, ganz aus dem Bauch der Stadt. Neben uns blinkt es.

Terrys Wagen ist klasse. Wohlstand und Luxus. Am größten ist der geschaffene Wohlstand, wenn die Zeit fehlt, ihn zu erleben. Wir haben Zeit, wir haben diesen großen weißen Wagen, der nach Leder riecht, amerikanische Marke, und wir rauschen den Hohenzollerndamm entlang. Neben mir sitzen Lora und Martin, das heißt zwischen uns ist noch viel Platz. Sally stellt sich vorn auf den Sitz und schaut aus dem offenen Verdeck. Terry muss das Steuer rumreißen, weil von der Seite zwei Taxis auf die Fahrbahn rasen; offenbar jagen sie sich. Ich sehe Sally abknicken und schon zur Seite hinausrutschen, aber ein Reflex in mir hält sie an den Beinen fest. Aus dem linken Taxi ist eine Hand zum Schuss gestreckt, es knallt, das rechte fährt Schlangenlinie, stößt das andere an, es knallt wieder, jetzt schlenkern beide hin und her, stoßen sich noch einmal und kommen zum Stehen. Von den Seiten strömen paar Figuren auf die Taxis zu. Ein Lockenkopf mit Walkie-Talkie schert aus und kommt zu uns. Er ruft immer »Großartig«. Terry bremst. Sally hat sich tief in den Sitz gekauert. Aus der Kassette donnert das Love-Of-Life-Orchestra. Terry schnipst seine Zigarette hinaus. Der Lockenkopf ruft »Wirklich großartig! Nur müssen wir das noch einmal machen. Und die Lady muss wieder oben rausgucken und beim Schlenker abknicken. Fahrt doch mal zurück, da steht Jim, der sagt euch, wanns losgeht.« Es wird immer schwieriger zu bestimmen, was ein Klischee ist bzw. was kein Klischee ist und was dagegen zu sagen wäre, ich meine gegen beides. Aus den Taxis steigen fünf Männer, um sich die Stirnen pudern zu lassen. Mit seiner markanten Zürcher Langsamkeit braucht Martin fünf Sekunden, bis er das Wort »Spitze« raushat. Vor Schreck hallt es gleich noch fünf Sekunden nach, was das ganze Ereignis hier fast zum Stillstand bringt. Still steigt aus dem Schornstein des Krematoriums Wilmersdorf eine dunkle Säule auf. »Piss off!« raunt Sally nach draußen. Terry sagt zu dem Lockenkopf, der uns immer noch feiert, »Bist du vom Film?« ... »Ihr wollt, dass wir etwas für euch tun?« ... »Zeit, Benzin und Aufmerksamkeit. Für fünf. Ihr müsstet mal euren Chef fragen, wieviel ist ihm das wert, dass wir uns für euch einsetzen?« Terry kurbelt das Fenster hoch, obwohl das Dach offen ist, und reicht Zigaretten herum. Der Lockenkopf spricht ins Funkgerät. Martin fragt Terry, wieviel er haben wolle, Terry fragt zurück, Martin hat keine Antwort. Zusammen Tausend, schlage ich vor. Martin will erst nach dem Inhalt des Films fragen, bevor er prüft, ob er eine Mitarbeit vertreten könne. Alles was ich vertrete, sage ich, sind meine Beine. Sally erklärt, sie mache nicht mit. Diesen Seelenklau könne ihr niemand bezahlen. Der Lockenkopf spricht mit dem Regisseur, einem landbekannten Mann, fünfzig, klein und untersetzt, mit dünnem Schnauzbart, Brille, Halbglatze und einem Palästinensertuch, in das er eher eingewickelt ist als dass man sagen könnte, er trüge es. Wir haben die

Zigaretten aufgeraucht. Die drei kommen an Terrys Seite. Der Regisseur klopft auf unser weißes Blech und nickt uns gutmütig zu; als hätten wir einen Antrag gestellt. »Fünfhundert«, sagt Jim. Terry schüttelt den Kopf. »Warum denn nicht?«, fragt Lora. Nach einer ratlosen Weile sagt der Regisseur »Achthundert. Mehr haben wir überhaupt nicht hier.« Terry schüttelt wieder den Kopf. Martin und Lora schütteln über Terry den Kopf und geben zu verstehen, dass sie ihn nicht verstehen. Sally ist kopfnickend in der Musik verschwunden, und ich registriere dies alles. »Die Lady, wie Sie sagen, die will nicht. Das stiehlt ihr Seele. Unbezahlbar.« Terry rollt an dem Assistententross vorbei, gibt endlich Gas, und wir rauschen weiter, über den Hohenzollerndamm. Martin und Lora sind enttäuscht, mosern unterhalb der Geräuschschwelle. Was gleich geschieht! Das Schiebedach zieht sich automatisch zu, ein Polizeifahrzeug kreuzt die Straße. In diese klare Wetterlage hinein ziehen dunkle Wolken. Hagelschauer brechen aus. Menschen rennen zu Unterständen, Autos bleiben mit leuchtenden Scheinwerfern auf den Fahrbahnseen stehen. Ehe man sich an etwas gewöhnen kann, legen Sonnenstrahlen das überwässerte Gebiet in Glanz, die Wolken ziehen weiter, die Menschen atmen aus, setzen ihre Wege fort mit der bescheidenen Freude, den Kopf nicht mehr einziehen zu müssen, die Wagen rollen. Das Schiebedach summt auf. Die Farbe dieses Regens war Ocker, wir sehen es an den weißen Ledersitzen und atmen gut ein. Die Kinder vom Straßenrand, patschnass, lachen. Sally hat einen Joint gedreht. Lora nimmt einen kurzen Zug und bläst schnell aus. Martin sagt, das hätte er mit Siebzehn gemacht. Hinter dem Roseneck biegt Terry in den Grunewald. Ich schmecke, dass es

Nepalese ist. Sally dreht sich zu mir um, presst das Kinn ins weiße Leder der Rückenlehne. »Du bist der Berliner hier; erzähl uns was vom Grunewald.« Der Grunewald beginnt mit einem Sommerwochenende 1958. Vier Kinder werden von den Strudeln des Schlachtensees in die Tiefe gezogen und ertrinken. Wir haben gerade unsere karierte Decke ausgebreitet, Kartoffelsalat und Caro-Kaffee ausgepackt und die Dreiecksbadehosen an den Seiten zugeschnürt, da gehen Schreie um; eine kleine Leiche treibt in der Mitte des Sees. Starke junge Männer ziehen sie an Land. Ich darf nicht hin. Mein Vater hält ein Transistorradio ans Ohr. Brasilien ist Weltmeister geworden. Zurück nehmen wir den 48er. Ich sitze oben, vorne links, und bin der Fahrer … »Mach weiter. Was war dann? Da war doch mehr.« Todes-kurve Havelchaussee; um die gleiche Zeit. Die Autos wer-den leichter und schneller. Vorzugsweise samstagnachts rutschen sie aus dieser engen Kurve nahe der Lieper Bucht und zerschellen am dicht stehenden Baumwerk. Davon spricht die Stadt. Sonntagsausflügler haben ein neues Ziel … »Und dann? Das macht den Grunewald doch noch nicht voll.« Ich beginne zu schwimmen, fahre zwei Sommer lang täglich zum Olympiastadion, um Trainingseinheiten zu er-füllen. 800 Meter »Einschwimmen«, zehn 50-Meter-Spurts, Delphin ohne Beine etc., bis sich im Wasser das Gefühl ei-nes gleichmäßigen Schweißausbruchs breitmacht, mit dem ich stundenlang, bis zur Abwesenheit, schwimmen kann. Nach vier Stunden dann 600 Meter »Ausschwimmen«, so leicht geschwommen, als sei ich schon aufgelöst, keine feste Substanz mehr. Der Grunewald, das ist der grüne Fleck im Heimatkundeunterricht. Sally lehnt sich wieder zu mir zu-rück. »Wo sind eigentlich die Berliner? Außer mit dir habe ich mit keinem Berliner gesprochen in Berlin. Ist das überhaupt noch Berlin hier?« – »Nein, wir spielen nur für Berlin«, sagt Terry. »Morgens in der ersten Ubahn sehe ich auch keine Berliner. Nur Türken fahren zur Arbeit«, sagt Lora. Terry sagt »Ich kenne einen Berliner in New York« und fährt ruhig durch die schmalen Straßen des Grunewalds. 1970 besuche ich hier an der Hubertusallee meine Freundin Petra im Haus des Freundes ihrer Mutter. Er ist Arzt und Abtreibungen sind noch ein Geschäft, mit dem man reich werden kann. Paar Häuser weiter wohnt Petras Vater, Generalvertreter für Süßwaren. Einer der Zweitwagen ist immer für uns frei. Mein Grunewaldbild von 1972 bis 1975 ist LSD-durchtränkt und deswegen nichts zum Erzählen. Auf der anderen Seite der Hubertusallee lasse ich mich 1975 bei einem Medienmanager anstellen. Im Grunde bezahlt er meine Anwesenheit, er fordert mich dann auch einmal auf, aber ich lehne ab. Er trennt sich in Freundschaft, denn er hat Stil. Das Architektenbüro um die Ecke finanziert ein Jahr später einen Spleen von Zeitschrift, der sich als Abschreibungsunternehmen erweist. Spaziergänge ziehen mich zum Grunewaldsee. Er hat ein gutes Maß. Man geht auf leichten Füßen. 1981 spazieren fünftausend Menschen in Steinwurfnähe an einundzwanzig Villen vorbei, zu denen man sich vorzustellen hat, dass in ihnen »Spekulanten« wohnen. »Die meisten reichen Berliner Familien wohnen im Grunewald ... In panischer Angst vor Einbruch und Umsturz hat diese unselige Gesellschaft sich in eine Art Belagerungszustand zurückgezogen. Sie haben hier weder Ruhe noch Sonne. Der Stadtteil ist ein regelrechter Slum für Millionäre«, schreibt Christopher Isherwood 1935. Nur: Millionäre sind sie nicht mehr. »Manchmal kommst du mir vor wie Issyvoo«, sagt Sally. »Aufmerksam zwar ... aber vielleicht auch schon zu aufmerksam. Immer registrieren! Input. Immer mehr Input als Output. Output dann am lieben Schreibtisch. So war Issyvoo, Darling, Pig, so bist du, oder haben wir jemals wieder den Big Spender getanzt?« Wir tanzen ihm am Bismarckplatz. Diesmal singt sie allein, ich will nur die Bewegung. Den Stock, den ich nicht habe, spiele ich excellent, man sieht ihn. Wenn ich Sally aufgefangen habe, stütze ich mich auf ihn. Danach wedle ich ihn dreimal um den Zeigefinger. Ich denke, das ist alles, aber sie fängt immer wieder zu singen und zu steppen an und ich steige sofort ein, wir treten den Rasen platt, und dann bleiben wir in dem Bild stehen. Lockern uns, gehen zu Terry, Lora und Martin zurück; wieder macht sie einen Schritt, ich antworte: ein Bild, das wir für einen Moment so am Bismarckplatz lassen. Dann winken wir den Zuschauern in den Fenstern des Bundesumweltamts zu, knallen die Türen und rauschen weiter. Die Tramper, die wir mitnehmen, kennen wir vom Sehen. Es sind Tele und Bettina aus der ersten Reihe der Demonstrationszüge, ohne Helm jedoch kaum wiederzuerkennen. Jetzt sind wir sieben in Terrys Wagen. Tele klemmt sich vorn dazwischen, Bettina sitzt auf Lora und mir. Sie hat eine Wunde zwischen den Augenbrauen. »Ich stand dem Bullen gegenüber; wehrlos. Der kloppte mir seelenruhig mit seiner Latte zwischen die Augen. Dem nächsten trete ich in die Hose. Das ist ein Bedürfnis.« Tele sagt kein Wort. Er schaut sich in Terrys Wagen um, der mir wie ein Zitat des Wohlstands erscheint. Dass fast alles an und in diesem Auto amerikanischer Marke, Baujahr 65, in Weiß gehalten ist, kündet von einigem Übermut, 1981. Immer mehr aus Westen kommende Wagen überholen uns und rollen als erstes den Q-Damm hinunter. Komme ich mit dem Wagen vom Checkpoint Bravo, fädle ich mich am Ende der AVUS immer in den Q-Damm ein und rolle ihn, Premiere!, einmal hinunter. Jedesmal. Ritual. 1945 ist der Q-Damm bis auf 40 Häuser ausgebombt. Jetzt schauen wir auf Sexbars mit obszönen Wandmalereien und Graffiti-Kommentaren. Im Schritttempo rollen Mannschaftswagen auf und ab. Die Kämpfe finden zwar in Schöneberg statt, doch muss der Q-Damm geschützt werden. Der Nachrichtenwert eines Toten in Schöneberg oder sonstwo kommt einer eingeschlagenen Schaufensterreihe am Q-Damm gleich. 1959 entbrennt eine Zeitungsdiskussion über die Frage, ob man den Q-Damm Kurfürstendamm oder Kudamm zu nennen habe, und sie endet mit dem Postulat: »Die geborenen Berliner lehnen solche Verstümmelungen ab. Da hört auch für sie ihr weltberühmter Humor auf.« 1969 öffnet hier die Diskothek »Park«, durch die wir alle wie durch eine Prüfung gehen, kurz vor dem schnellen Sterben in den Siebzigern. Gründonnerstag 1968 wird hier ein Mann durch Kopfschuss von seinem Fahrrad gerissen. Bachmann, der Täter, leitet einen Zeichenkampf ums Realitätsprinzip ein, der neun Jahre später in Mogadischu und Stammheim vorläufig endet. Die zweite Generation hat immer noch lieber einen Stein in der Hand als gefälschte Papiere in der Tasche, sitzt lieber in der Kiezkneipe als in der konspirativen Wohnung. Im Grunde sind sie sich ja irgendwolinks einig, und nur aus Versehen geraten Lora und Martin sich in die Haare wegen des Toten vom Vortag. Lora sagt, es sei Mord gewesen. Martin sagt, er sei nicht dabeigewesen. Ob er damit sagen wolle, dass es kein Mord gewesen sei, etc. ... »Mindfucking« murmelt Sally. Sie dreht schon wieder an einem Joint. Martin fragt Lora, ob sie noch etwas vorhabe. Sie verneint. Sie steigen aus und trotten zusammen fort. Tele und Bettina hinterher. Alles an Martin und Lora hängt. Teles und Bettinas Haare dagegen »stehen«. Nie habe ich Frisuren sich dermaßen um die Haarwirbel drehen sehen. Terry lehnt sich zurück und prustet aus, als beginne nun ein neues Kapitel. Sally zündet den Joint an. Still sind wir jetzt für Stille. Bin ich gut aufgelegt, finde ich Lora und Martin fast liebenswürdig, weil sie damit leben können, ungefähr jene Vernunft an den Tag zu bringen, die von ihnen erwartet wird. Wenn ein Amtsgericht eine Versammlung verbietet, gehören sie zu jenen, die aus Protest vors Amtsgericht ziehen. Man ist zufrieden, dass eine politische Logik sie vors Amtsgericht lockt, und stellt genügend Polizisten davor. Man bedankt sich für die Anerkennung dieser Logik, indem ein Akt liberaler Größe simuliert und die Ansammlung nicht zerschlagen wird. Andere dagegen, unter ihnen Tele und Bettina, fahren in ihrer Zeichensprache zum Bahnhof Zoo, werfen Gepäckwagen auf die Gleise und stoppen den Verkehr. Die Polizei nebelt den Bahnhof mit Tränengas ein. Während des Abzugs wird ein Auto umgeworfen und angezündet. Tele und Bettina, so ist zu lesen, sind »Chaoten«, kurz: Störer. Sie halten sich nicht an die symbolischen und repräsentativen Ort, die eine politische Vernunft für sie bereithält. Politiker fordern von Menschen wie Lora und Martin, dass sie sich distanzieren von Menschen wie Tele und Bettina. Lora und Martin würden nie ein Auto anzünden und keinen Stein werfen. Im stillen sind sie froh, dass Tele und Bettina das für sie tun. Sie verfolgen deren Taten mit unterdrückter Begeisterung. Tele und Bettina, so ist zu lesen, würden sich nur an eine Protestbewegung anhängen. Vice versa: wenn Lora und Martin nicht von den Schlachten lesen würden, die Tele und Bettina anzetteln, wenn sie nicht alle Details nacherzählen könnten, dann würden sie nicht mehr spüren, dass sie eine Bewegung sind; dann kämen sie nichtmal bis zum Amtsgericht. Wir rollen weiter und parken an der Wielandstraße. Ich schlage vor, zu Fuß weiterzugehen, Sally und Terry nicken, als gäbe es keine andere Wahl. Terry trägt eine offenbar schwere Plastiktüte. Was will er nur mit der Plastiktüte? »Lass dich überraschen«, sagt Terry und zwinkert mir zu. Sally sagt »Ich mag das Prickeln, das hier in der Luft liegt. In jedem Augenblick könnte etwas geschehen, eine Tat, und man weiß nicht sofort, ob es eine Untat ist«. Man sieht so wenige der Herren um die Vierzig, die mit gelockerter Krawatte, Jackett über die Schultern gehängt, während ihrer Mittagspause die Gehwege entlangschlendern. 1981 sagen Politiker, der Q-Damm müsse sauberer werden. Sie meinen Imbissketten, Peep-Shows und Straßenhändler. 1963 sagen Politiker dasselbe und verbieten den Pflastermalern die Arbeit. Verboten ist, was geschäftsschädigend sei. 1965 müssen Straßenmusiker, Porträtisten, Silhouettenschneider und Feuerspeier verschwinden. Im selben Jahr stellen Tageszeitungen Leserbriefseiten zur Verfügung, auf denen über »Gammler« und »Diskussionsanzettler« hergezogen wird. Ein Jahr später simuliert man Toleranz und schreitet nicht mehr ein. In gebrochenem Englisch stellt sich ein Japaner als Student vor, der eine Umfrage durchführe. Sie beginnt mit dem Satz »Was ist für Sie das Wichtigste im Leben?« Sally ruft ihm zu »Du kommst zu früh!« Sie hat einen Pakt mit Terry. Ich spüre ihre unausgesprochene Einigkeit, ohne mich außerhalb zu fühlen. »Wir haben eine Überraschung für dich, Darling, nachher im Kaufhaus. Kommst du mit?« Terry sieht mich so an, dass ich sofort nicke. Ecke Knesebeckstraße steigt 1966 Ella Fitzgerald in ein Taxi. Der Fahrer bekommt es mit der Angst zu tun und gibt über Funk einen Notruf durch. Trotzdem sehe ich Ella 1971 in der Philharmonie. 1966 versperren deutsche und afrikanische Studenten den Eingang des Kinos Astor, in dem der Film Africa Addio von Jacopetti anläuft. Polizisten bilden Polizeiketten, das heißt sie haken sich unter und drängen den Protest zur Seite. Drei Wochen später steigt hier die erste Vietnamdemonstration. Es ist kurz vor halb vier, das heißt die Männer vom Abschleppdienst geben gleich ihre beliebte Nachmittagsvorstellung. Sie verladen und verschleppen Autos, die auf der Sonderspur für Busse abgestellt sind. Stammgäste stellen sich schon in der Nähe der Objekte auf. Die Abschleppveranstaltung ist so angesetzt, dass die Stadtrundfahrtbusse der Mittagsschicht rechtzeitig zurück sind und dem zahlenden Publikum diese Q-Damm-Attraktion nicht verborgen bleibt. Es ist halb vier, die Männer vom Abschleppdienst fahren mit ihren orangefarbenen Kleintreckern, denen eine Hebebühne angehängt ist, den Boulevard in beiden Richtungen auf und ab, wie um die Stimmung aufzuheizen. An den Straßenrändern, im Kreis um die Objekte, stehen Politessen und füllen Formulare aus, die sie unter die Scheibenwischer klemmen. Die Stimmung ist, wie immer, ausgelassen, ja launig. Hier und da klicken die Fotoverschlüsse, um einen typischen Berliner Augenblick festzuhalten. Das Verladen eines Autos dauert, unter

Anfeuerungsrufen, nicht länger als vier Minuten. Jetzt mischt sich ein Mann in weißer Sportkleidung unter drei in ihrem typischen Kreis stehende Politessen. Sein Porsche schwebt in zwanzig Zentimetern Höhe über der Fahrbahn, gehalten von vier Metallplatten unter den Rädern, gehalten von einem Kran. Wenn es kein Porsche wäre, könnte man Mitleid haben, sich aber nicht so köstlich amüsieren wie die Umstehenden hier, die diese Bürgersteigseite gänzlich verstellen, so dass der Fußgängerfluss zwar an-, aber nicht abfließen kann. Eine Verstopfung entsteht. Der Porschefahrer hat seine Chance erkannt, wann schon hat man so viel Publikum, und steigert sich zum Nachmittagsentertainer, indem er die Politessen mal hübsch, mal hässlich aussehen lässt. Nicht nur der Gehweg ist verstopft, auch die Busse stauen sich jetzt aus Protest dagegen, dass ihre Busspur nicht frei ist. Die Polizei fordert die Menge auf, sich aufzulösen. So wie die Menge aussieht, würde sie sich auch gern auflösen, nur weiß sie nicht, wohin sie sich auflösen könnte. So weit man blicken kann, stehen Menschen dicht an dicht, um dem Spektakel beizuwohnen. Die Autos sind unter mehreren Beifallsstürmen fortgeschafft, nun stehen die klatschenden Menschen auf der Busspur. Polizisten drücken die Menge auf den Gehweg zurück. Unter dem Druck sackt eine Schaufensterscheibe ein, einige verschwinden in den Geschäftsauslagen, was gleich für etwas Platz sorgt. Imbissverkäufer schließen ihre C-Wurst-Stände. Rentner verstehen die Welt nicht mehr, schlagen mit Stöcken auf Polizisten ein. Modeschmuckverkäufer halten ihren Klimbim fest. Ein Wasserwerfer kommt um die Ecke und fährt an uns vorbei. Die aufgescheuchte Menge reißt Tische und Stühle des Kranzler-

Vorgartens um. Quer über die Kreuzung rollt ein Leier-
kasten. In Kolonne fahren die Busse vorbei auf ihrer Spur.
Morgen wieder um halb vier. Terry hat seine Plastiktüte
unter die Jacke geklemmt, wechselt auf die andere
Straßenseite, und wir folgen ihm. Er hat ein Ziel. Er verschwindet im Kaufhaus. Hinter uns werden die Glastüren
geschlossen, um die aufgekratzte Menge abzuhalten. Terry
schlendert zur Rolltreppe, Sally ihm nach und ich hinterher. Er sucht eine Hose aus, die ihm viel zu klein ist und
verschwindet in den Umkleidekabinen. »Sally, was hat er
in der Tüte?« Sie lacht und sagt »Gehen wir ein Stück!
Eine Flasche ist darin.« – »Was für eine Flasche?« – »Eine
Flasche. Mit einem Stück Stoff darin.« Ich ziehe den Kopf
ein und gehe schneller, Sally hält mich. »Cool down,
Darling.« Sie setzt einen Hut auf und macht einen Luft-
sprung. »Das ist Sally Bowles' Hut, Darling, bitte kauf ihn
mir, ich hab kein Geld dabei!« Ich gebe der Verkäuferin ei-
nen Fünfzigmarkschein, es kann auch ein Hundertmark-
schein gewesen sein; alles, was ich denke, ist: gleich knallts.
Eine Hand legt sich auf meine Schulter. Terry grinst.
»Gleich ist es soweit. Lasst uns runterfahren. Ich will noch
Shampoo kaufen.« Ich schiele zu den Umkleidekabinen
und sehe Rauch aufsteigen. »Es müssen 60° sein«, sagt
Terry. In dem Augenblick zischt aus Hunderten kleiner
Düsen, die an der Decke befestigt sind, Wasser in feinen
Strahlen, zuerst braun und gelb, dann immer klarer wer-
dend. Unter dem alles übertönenden Pfeifen der Sprink-
leranlage, die die ganze Etage bewässert, jaulen Schreie auf,
Rufe, eine Alarmanlage geht los, man schubst sich, stürzt
an die Ränder, unter die Kleiderständer, zu den Rolltreppen.
Ich ziehe die Jacke über den Kopf, Sally setzt den Hut auf.

Das Wasser durchweicht die Waren, steht schon zentime-terhoch am Boden und tropft ins Erdgeschoss. Terry hält die Hände vors Gesicht, um sein Lachen nicht zu zeigen, die Glastüren sind wieder offen und draußen schütteln die Käufer sich empört das dreckige Wasser von den Köpfen und plärren durcheinander. Sally zeigt ihren in Formlosig-keit aufgeweichten Hut. Stumm schauen wir auf dieses traurige Bild, grölen wie auf ein Signal hin gemeinsam los und tanzen einen unbekannten Tanz. Wir sind nicht mehr empört.